Karsten Rauchfuß

Wenn es Nacht wird in Oldenburg

Karsten Rauchfuß

Wenn es Nacht wird in Oldenburg

ISENSEE VERLAG
OLDENBURG

Die Handlungen und sämtliche Figuren der Geschichten, die lebenden und die toten, sind reine Fiktion und existieren nur in der Fantasie des Autors.

Bibliografische Information der Deutschen Bibliothek

Die Deutsche Nationalbibliothek verzeichnet diese Publikation in der Deutschen Nationalbibliografie; detaillierte bibliografische Daten sind im Internet über http://dnb.d-nb.de abrufbar.

ISBN 978-3-7308-2178-7

Gedruckt bei Isensee in Oldenburg

INHALTSVERZEICHNIS

Der Verdacht

Es war Freitag Abend.

Ich saß auf dem Sofa, schaute im Fernsehen meine Lieblings-Dating-Show und versuchte einzuschätzen, ob die Leute, die da aufeinander trafen, tatsächlich eine potentielle Zukunft miteinander haben könnten.

Es war mir stets ein Vergnügen und entlockte mir einen Freudenschrei, wenn am Ende der Sendung berichtet wurde, was aus den Paaren geworden war und ich schon von Anfang an mit meiner Einschätzung richtig gelegen hatte.

Doch an diesem Abend klingelte mitten in der Sendung das Telefon.

Ich überlegte kurz, ob ich es einfach klingeln lassen sollte, doch in dem schrillen Läuten glaubte ich eine Dringlichkeit herauszuhören, die mich missmutig aufstehen und zum Hörer greifen ließ.

„Timo, ach gut das ich dich erreiche. Sag mal, können wir uns vielleicht treffen?", hörte ich die Stimme der Freundin meines Kumpels Ulf fragen.

„Ich kann ja mal auf meinem Dienstplan schauen.", versuchte ich witzig zu sein, um meine Enttäuschung über die späte Störung zu kaschieren.

„Ginge es gleich?", unterbrach sie mich aufgeregt. Ich wurde hellhörig, denn Simone gehörte nicht zu den fordernden Menschen. Es musste also etwas wirklich Wichtiges sein.

„Na gut. Um was geht es denn?“, fragte ich vorsichtig nach.

„Das erzähle ich dir lieber persönlich.“, antwortete sie. „Wäre dir in einer Stunde im Pub in der Wallstraße recht?“

„Also gut. Dann treffen wir uns dort in einer Stunde“, stimmte ich zu und ehe ich noch etwas fragen konnte, legte sie auf.

Ich schaltete den Fernseher aus und zog mir eine dicke Regenjacke an.

Auch wenn die Aussicht noch einmal in den kühlen Oktoberabend hinaus zu müssen alles andere als einladend war, sagte ich mir doch, dass ich Simone nicht einfach so hängen lassen konnte und machte mich auf den Weg.

*

Nach über einer Stunde, der Bus hatte mal wieder Verspätung gehabt, betrat ich den gut besuchten Pub in der Wallstraße.

Überall im Raum und an der Theke standen junge Männer und Frauen mit ihrem Bier in der Hand. Irische Musik drang aus den Lautsprecherboxen an den Wänden. Die Stimmung war ausgelassen, die Tische gut besetzt.

Ich schlängelte mich durch die Menge, suchte den Pub nach Simone ab und sah sie am Ende des Raumes an einem Ecktisch sitzen.

Als ich an den Tisch trat, sah ich Fish & Chips vor ihr stehen, doch sie hatte das Essen kaum angerührt und vom Bier höchstens mal genippt.

Ich setzte mich ihr gegenüber. Sie war so in Gedanken versunken, dass sie mich erst sah, als ich im lockeren Tonfall fragte:

„Na junge Frau, was gibt es denn so Dringendes?“

Erleichtert blickte sie auf und quälte sich ein Grinsen ins Gesicht.

„Hat das Essen hier so nachgelassen?“, fragte ich sie und zeigte auf ihren Teller.

„Hab keinen Hunger. Das mit dem Frustessen hat nicht geklappt.“

„Was? So schlimm also?“

Simone nickte, strich sich ihr rotblondes Haar aus der Stirn und hatte sichtlich Mühe, nicht in Tränen auszubrechen.

Ein leicht angetrunkener Mann rempelte unseren Tisch an und ich bewahrte Simones Bier vor dem Umkippen. Als ich das Getränk in meinen Händen spürte, bekam ich plötzlich Durst.

„Soll ich dir noch ein Bier bestellen? Das hier sieht echt abgestanden aus.“

„Nein, lass mal, ich will lieber einen klaren Kopf behalten.“

Ich zeigte zur Theke. „Was dagegen, wenn ich mir was hole?“

„Nein, nein, geh nur.“

Ich nickte, erhob mich und marschierte zum Tresen.

Während ich auf mein Kilkenny wartete, fragte ich mich, warum es Simone so spannend machte. Warum war sie nicht schon am Telefon mit ihrem Anliegen herausgerückt?

Wenig später saß ich wieder bei ihr und schaute sie erwartungsvoll an, während ich mir einen kräftigen Schluck von dem kühlen Bier gönnte.

Simone holte tief Luft und beugte sich über den Tisch.

„Also Timo, was ich dir erzählen will ist Folgendes.

Ich habe herausgefunden, dass Ulf sich seit ein paar Wochen die Rücken- und die Achselhaare rasiert."

„Was?"

„Warte, unterbrich mich nicht. Außerdem ist seine Zahnpastatube fast leer, was heißt, dass er sich regelmäßig die Zähne putzt. Er trägt sogar ordentliche Kleidung, ohne Flecke und neulich hat er sogar seine Schuhe geputzt. Nicht weil ich es ihm gesagt habe, dass habe ich längst aufgegeben, nein, von ganz allein."

„Aber das ist doch prima.", entgegnete ich verwirrt, weil ich nicht wusste, auf was sie hinaus wollte.

„Nun hör aber auf. Du kennst deinen besten Freund doch ganz genau. In den zwei Jahren in dem ich mit ihm zusammen bin, hat er noch nie wirklich auf sein Äußeres geachtet. Obwohl ich ihm tausend Mal gesagt habe, dass es keinen guten Eindruck auf die Kunden macht, wenn er in der Oldenburger Touristik-Information an seinem Tisch so schlampig herum sitzt."

„Er wird mit seinen vierundzwanzig Jahren wohl langsam erwachsen.“, warf ich ein.

Simone nickte, ohne das ihre Skepsis aus ihrem Gesicht wich.

„Unter anderen Umständen würde ich dir ja recht geben, aber da ist noch mehr.“

„Noch mehr. Was meinst du?“

„Ulf hat das Passwort von seinem Handy geändert. Und wenn er es benutzt, hält er es immer so, dass ich das Display nicht erkennen kann.“

„Du spionierst ihm auf dem Handy hinterher?“, fragte ich verwundert. Das hatte ich Simone nicht zugetraut.

„Hast du nicht zugehört. Das geht ja nun nicht mehr.“

Ich schmunzelte in mich hinein. Simone, die so wirkte als könne sie kein Wässerchen trüben, hatte es doch faustdick hinter den Ohren.

„Was willst du mir denn nun damit sagen?“

„Ich denke, Ulf hat eine Freundin.“

Ich rümpfte die Nase, sagte nichts und nahm mir einen kalten Chip von Simones Teller.

„Hast du bei euren Treffen nicht mal eine Andeutung aufgeschnappt oder hat er mal von einer anderen Frau erzählt?“, fragte Simone nun kleinlaut und hoffte, dass ich nein sagen würde.

Ich tat ihr den Gefallen.

„Nein, hat er nicht.“

Ich spülte den kalten Chip mit Bier hinunter.

Der Geräuschpegel im Pub steigerte sich langsam.

Plötzlich kramte Simone in ihrer Handtasche herum, die sie neben dem Tisch auf den Fußboden gestellt hatte.

Ohne ein weiteres Wort legte sie mir diverse Papierschnipsel auf den Tisch.

„Was ist das?“

„Die habe ich in unserem Auto in einer Ritze zwischen den Sitzen gefunden. Das sind diverse Karten von Veranstaltungen, Kino, Theater und einem Konzert in der Kulturetage.“

Ich sah mir zwei abgerissene Karten genauer an.

„Diana Krall? Du magst die Sängerin doch gar nicht. Du hast mir doch mal erzählt, dass du mit ihrer Musik nichts anfangen kannst.“

„Genau, aber Ulf mag sie und war scheinbar mit jemandem da.“

„Aber das ist doch nicht schlimm.“, entgegnete ich und wusste nicht, wie ich sie von ihrem Verdacht abbringen konnte.

Etwas machtlos schaute ich ihr direkt in die Augen.

„Warum erzählst du mir das alles? Was soll ich deiner Meinung nach tun?“

Simone ließ sich zurück gegen die Stuhllehne fallen.

„Ich weiß auch nicht“, stammelte sie unsicher und schaute mich mit unschuldigem Blick an, den ich nur allzu gut von ihr kannte.

Diesen Gesichtsausdruck hatte sie immer dann, wenn sie etwas von mir verlangte, von dem sie genau wusste, dass ich ihren Wunsch nur widerwillig erfüllen würde.

„Ist es als Freundin zu viel verlangt, wenn ich dich bitte, ein Auge auf Ulf zu haben, wenn ihr zusammen unterwegs seid?“

„Ich soll ihn ausspionieren?“

„Na, so drastisch würde ich es nicht ausdrücken.“

„Aber darauf läuft es doch hinaus.“, ließ ich nicht locker.

Simone hob die Schultern und grinste verschmitzt.

„Gut, ein bisschen schon.“

„Wäre es nicht besser du redest mit Ulf?“, schlug ich vor.

Simone rümpfte unsicher die Nase.

„Und wenn an all dem nichts dran ist, mache ich mich vor ihm lächerlich und er denkt, ich bin eine eifersüchtige Kuh.“

„Warum lässt du es nicht darauf ankommen?“

„Ach, du bist wie immer so vernünftig!“, entgegnete sie anerkennend.

„Naja, ist ja auch in meinem Interesse, wenn die Fronten zwischen euch geklärt sind. Aber in Ordnung, ich werde sehen, was ich tun kann.“

„Versprochen?“

„Ja, versprochen.“, gab ich mich kleinlaut geschlagen.

Simone war erleichtert und nach all der Aufregung, schien sie auf einmal müde zu werden und gähnte still vor sich hin.

„Willst du los?“, fragte ich sie.

„Ja, ich denke, es wird Zeit nach Hause zu fahren.“

„Gut, dann bringe ich dich noch zum Bus.“

„Prima.“

Die Erleichterung über den Ausgang unseres Gesprächs war ihr ins Gesicht geschrieben.

Mich dagegen hatte der Abend nachdenklich gestimmt.

Auch als ich sie zum Abschied umarmte, ihr beim Einsteigen in den Bus nachsah und ihr winkte, als der Bus sich in Bewegung setzte, hörten meine Grübeleien nicht auf.

Noch immer ging mir das Gespräch mit Simone nicht aus dem Kopf und mächtig an die Nieren.

Als ich auf der Anzeigentafel sah, dass mein Bus erneut Verspätung hatte, holte ich mein Handy heraus und wählte Ulfs Nummer.

Es war Zeit ihm von dem Treffen mit Simone zu erzählen.

Nach dreimaligem Klingeln nahm er ab.

„Hey, ich hatte gerade ein Treffen mit Simone.", meldete ich mich und versuchte gelassen zu bleiben.

„Was? Wieso denn das?"

„Simone denkt, dass du eine Freundin hast."

„In Echt?"

„Ja, in Echt. In diesem Zusammenhang habe ich auch eine Bitte an dich. Könntest du versuchen alle verräterischen Spuren, wie Kino- Theater und Konzertkarten nicht im Auto herumliegen zu lassen, sondern sie sofort wegzuwerfen? Jedenfalls so lange, bis du Simone endlich von uns Beiden erzählt hast? Das wäre prima. Bis morgen, mein Schatz."

Hausverbot

Die Kerzen, die ich mit Einbruch der Dunkelheit im Raum verteilt und angezündet habe, tauchen das Wohnzimmer in ein Schattenreich, in das ich mich seit Monaten zurückziehe.

Aus der alten Stereoanlage im Bücherregal ist die samtweiche Stimme von Dionne Warwick zu hören.

Ihre herzzerreißenden Liebeslieder wabern wie Nebel durch die Wohnung. Vor mir auf dem Couchtisch steht das dritte Glas Rotwein, als Untersetzer dient ein Foto von einem Ausflug an die Nordsee mit ihm.

Irgendjemand hat mal gesagt, wenn es dir nicht gut geht, mach es noch ein bisschen schlimmer, denn dann scheint dass Licht am Ende des dunklen Tals, durch das die Seele schreiten muss, viel heller.

Ich weiß nicht, ob es stimmt, bei mir zieht sich der Weg durchs Tal in die Länge und kein Schild weit und breit, das meiner Seele den Ausgang weist. Doch für den Augenblick scheint es so, als würde ich die Mischung aus Trauer und Selbstmitleid genießen.

Meine Gedanken fahren Achterbahn und drehen sich im Grunde doch nur um DICH.

*

Kaum ein Jahr ist es her, als ich dir begegnete, als unsere Herzen in Flammen standen.

Ich muss lächeln, denn dieses Bild ist ziemlich kitschig, dennoch trifft es zu.

Wir waren uns genug, in all den ungezählten Stunden unseres Zusammenseins.

Wir redeten viel und erkundeten die Seele des anderen.

In den Pausen nach dem Liebesspiel, als wir erschöpft beieinander lagen, wurde dein Körper mein Heimatland.

Wir ließen die Bettdecke achtlos zu Boden gleiten, denn jeder noch so kühle Lufthauch, der durch das Fenster drang, erfrischte unsere Körper.

Wir liebten, was der andere liebte, oder nahmen uns vor, es lieben zu lernen.

Der Alltag war uns einerlei, denn plötzlich erschien uns die Welt heller und freundlicher. Wir lachten über die sauertöpfischen Gesichter anderer Leute, bedauerten sie und wünschten ihnen, dass sie eines Tages das erleben würden, was wir gerade erlebten.

*

Die ersten Teelichter im Fensterbrett sind runter gebrannt.

Ich stehe auf, um sie auszuwechseln.

Ich trete ans Fenster und schaue hinaus auf den *Waffenplatz* vorm Haus.

In der hereingebrochenen Dunkelheit dieses lauen Sommerabends sitzen Nachtschwärmer auf den Bänken und genießen ihr Leben.

Vor nicht all zu langer Zeit saßen wir beide auch mit Wein und Käse auf einer dieser Bänke und bestaunten die Wasserfontänen des Brunnens mit kindlicher Freude, so, als hätten wir noch nie etwas Schöneres gesehen.

*

Ich zünde neue Teelichter an. Mein Blick schweift vom Parkhaus, das nun unbefahren und fast leer in der Nacht steht, hinüber zum Fahrradstand.

Plötzlich sehe ich dich, wie du vom Fahrrad steigst. Du schließt es ab und schaust hinauf zu meinem Fenster.

Ich drehe mich instinktiv weg und verstecke mich hinter dem grauen Vorhang.

Was machst du hier?, frage ich mich still und schiebe den Vorhang so zurecht, dass ich dich unbemerkt beobachten kann.

Du stehst neben dem Fahrrad, still, als würdest du darauf warten, dass ich das Fenster öffne und dich nach oben bitte.

Doch du hast seit jenem Sonntag vor zwei Wochen Hausverbot in meinem Herzen.

*

An jenem Sonntag saß ich bei dir in der Küche, vor mir einen Becher Kaffee und in der Hand ein Buch.

Eigentlich wollte ich mich nicht allein beschäftigen,

doch du warst, wie so oft in den letzten Wochen, auf der Couch eingeschlafen.

Am Anfang hatte ich mich noch neben dich gelegt, gehofft, dass ich dich damit wecken und deine Lust auf meinen Körper entfachen konnte, doch mehr als deine schlaffe, müde Hand auf meinem Bauch war nicht drin gewesen.

Mir wurde bewusst, dass wir in letzter Zeit immer öfter zu Hause blieben und du keine Lust mehr hattest, mit mir etwas zu unternehmen.

Wir redeten kaum mehr miteinander. Stattdessen hattest du begonnen stundenlang zu schweigen, als wären dir die Worte ausgegangen.

Ich bemerkte an jenem Sonntag, wie die Ruhe, auf die ich immer öfter in der Wohnung stieß, mich zu erdrücken begann.

Während des Lesens in der Küche, waren meine Gedanken ständig vom Text abgeschweift.

Ich wusste oft nicht, was ich gerade gelesen hatte, musste zurückblättern. Doch dafür wusste ich plötzlich etwas Anderes.

Dein Liebes-Akku begann sich langsam zu leeren.

Als du am frühen Abend aufwachtest, erzählte ich dir von meinen Gedanken, doch du lachtest mich aus, erklärtest, dass ich viel zu pessimistisch sei.

Vielleicht hattest du recht, vielleicht bedauerte ich nur, dass unsere Welt nicht stehen geblieben war, als wir unverwundbar auf dem Gipfel standen.

Doch das änderte nichts an meinen Gefühlen.

Enttäuscht suchte ich an diesem Sonntag meine Sachen zusammen und verließ deine Wohnung. Mir war klar, es war vorbei.

Ich nahm meine Liebe zu dir mit, obwohl ich sie auf dem Weg zurück in meine Wohnung gern verloren hätte.

*

Als ich dich dabei beobachte, wie du langsam auf das Haus zugehst, beginnt sich etwas in mir zu regen. Gleich wird die Klingel ertönen, denn mein Handy hab ich längst ausgeschaltet.

Warum bist du hier?

War das Leben, das für mich eintönig zu werden begann, für dich der Beginn des Alltags, der trauten Zweisamkeit?

All diese Gedanken gehen mir durch den Kopf, als die Klingel ertönt und ich zusammenschrecke.

„Geh", rufe ich leise in den Flur.

Ein zweiter, dritter, vierter Klingelton ertönt.

Werde ich deinen Klingelangriff, deine Hartnäckigkeit, die mich überrascht, heil überstehen?

Ich bin an der Tür, schaue durch den Spion und vergewissere mich, dass du nicht schon längst vor der Wohnungstür stehst.

Doch das Treppenhaus ist leer, nur das Klingeln lässt nicht nach.

Ich weiß nicht, wie es mit uns weitergehen sollte, würde ich jetzt schwach werden und dich ins Haus lassen.

Wie kann ich den Alltag mit dir meistern, wenn ich doch immer, jede Sekunde, jede Minute und jeden Tag daran denken werde, wie unsere Herzen einst in Flammen gestanden haben.

Wie entfacht man erloschene Herzen neu?, frage ich mich still.

Mit einem Mal stelle ich mir vor, dass du vielleicht heute Abend eine Antwort darauf mitgebracht hast.

Ich weiß nicht, woher dieses Gefühl der Hoffnung plötzlich auftaucht.

Mir kommt es vor, als trampelt dieses Gefühl auf meinem noch nicht ausgetrockneten Fundament herum, dass die Grundlage für mein neues Leben ohne DICH bilden soll.

Vielleicht nimmt es sich das Recht heraus, weil es weiß, dass es sprichwörtlich zuletzt stirbt?

Und was mache ich? Statt dem Gefühl zu widerstehen und auf die Heilung der Zeit zu vertrauen, öffnete ich die Wohnungstür, drücke auf den Knopf der Gegensprechanlage bis ich das leise Summen unten an der Tür und deine Schritte auf der Treppe nach oben höre.

„Komm einfach rein, die Tür ist offen!“, rufe ich dir entgegen, gehe in die Küche und beginne für uns Kaffee zu kochen.

Das Zimmer

Es ist kurz vor Mitternacht. Das schwache Licht der Straßenlaterne am Schulweg bahnt sich seinen Weg zu einem Wohnblock hinauf und fällt ermattet durch die dünnen Vorhänge eines Zimmers im dritten Stock.

Dort liegt Vera seit einer Stunde im Bett und kann nicht einschlafen.

Unruhig dreht sie sich von einer Seite auf die Andere.

Heute kann sie das leise Rauschen des nächtlichen Verkehrs auf der nahegelegenen A 293 nicht wie sonst in den Schlaf wiegen.

Obwohl es nichts gibt, über das sie sich den Kopf zerbrechen müsste, spukt irgendwo in ihrem Kopf ein Gedanke herum, den sie nicht zu fassen bekommt.

Geduldig schließt sie die Augen, beginnt auf ihre gleichmäßige Atmung zu achten und hofft, endlich einschlafen zu können oder den Grund für ihre innere Unruhe herauszufinden.

Doch alle Mühe ist vergebens.

Sie schlägt die Augen auf, lässt ihren Blick über die im Halbdunkeln stehende Vitrine und das Sideboard schweifen.

Sie überlegt, ob sie die Nachttischlampe anschalten und vielleicht noch ein paar Seiten in ihrem Roman „Ein Sommer in zwei Teilen“ lesen sollte. Vielleicht würde sich nach ein paar Seiten die Müdigkeit einstellen.

Als sie gerade die Hand nach dem Lichtschalter ausstrecken will, dringt kaum hörbar das leise Schnarchen ihres Mannes aus dem Nachbarzimmer an ihr Ohr.

Vera hält in der Bewegung inne und lässt sich zurück aufs Kissen fallen.

Plötzlich taucht der Gedanke, der ihr bis zu diesem Augenblick den Schlaf geraubt hat, ganz unverblümt auf und lässt ein schlechtes Gewissen in ihr aufkeimen.

Auf einmal glaubt sie, dass es nicht richtig sei, dass sie hier in ihrem Zimmer ist, während Paul nur wenige Meter entfernt von ihr im gemeinsamen Ehebett liegt.

Ruckartig setzt sie sich im Bett auf und schaltet die Nachttischlampe an.

Sie muss Ordnung in ihren Kopf bekommen und fragt sich, was plötzlich mit ihr los ist.

Erneut hört sie Pauls leises Schnarchen, ein Geräusch, dass ihr seit vielen Jahren so vertraut ist und ihr früher Nacht für Nacht den Schlaf geraubt hat.

Sie muss an den Abend denken, als sie Paul aus pragmatischem Grund eröffnet hatte, dass sie ins Nachbarzimmer umziehen wolle, da sie bei seinem Schnarchen nicht einschlafen könne.

„Aber klar Liebling, auch du brauchst deinen Schlaf", hatte er ihr verständnisvoll geantwortet.

Keine Sekunde hatte sie damals darüber nachgedacht, dass mit ihrem nächtlichen Umzug vielleicht ihre Liebe zueinander, im Flur zwischen beiden Zimmern, hängenbleiben und verkümmern könnte.

Vera ist jetzt hellwach.

Ihr kommt die Fahrradtour in den Sinn, die sie für den morgigen Tag geplant haben. Sie weiß, sie müsste nun langsam zur Ruhe kommen, wenn sie den Ausflug ausgeruht genießen will, denn seit Tagen freuen sie sich beide auf die Fahrt von Oldenburg entlang der Bahnschienen nach Bad Zwischenahn.

Durch ihre Arbeit bleibt ihnen immer wenig gemeinsame Zeit.

Gelegentlich trösten sie sich halbherzig damit, dass sie als Rentner noch genug Zeit für Unternehmungen haben werden.

Aber stimmt das denn? Bis es soweit ist, müssen noch fünfzehn Jahre ins Land ziehen. Doch bis dahin kann eine Menge passieren.

Sie weigert sich, weiter darüber nachzudenken, weil sie weiß, dass jede Antwort darauf nur Spekulation sein kann.

Auf einmal sehnt sie sich nach Paul, kommt sich in ihrem gemütlichen Bett fehl am Platz vor.

Vera steht auf, löscht das Licht der Nachttischlampe und schleicht sich im Halbdunkel barfuß aus dem Zimmer, überquert den dunklen Flur und geht ins Schlafzimmer nach nebenan.

Paul liegt auf der Seite, den Rücken ihr zugewandt. Als sie zu ihm ins Bett steigt, hebt er einladend die Bettdecke hoch und murmelt im Halbschlaf:

„Na Schatz, kannst du nicht schlafen?“

Ohne zu antworten legt sie sich zu ihm, kuschelt sich an

seinen Rücken und lässt ihre Finger durch seine langsam grau werdendes Brusthaare gleiten.

Sie saugt den Duft seiner Haut in sich auf. Er riecht ein wenig nach Schlaf und Zigarette, die er vor dem Zubettgehen geraucht hat.

Seine Körperwärme tut ihr gut. Langsam beginnt sie müde zu werden.

Sie fragt sich, wie sie in all den Nächten nur auf seine Nähe hatte verzichten können. Hier an seiner Seite, wo ihre Gedanken zur Ruhe kommen, ihre Seele Zuhause ist.

Vera legt ihren Kopf auf seine Brust und lauscht Pauls Herzschlag.

Mit einem Mal wird ihr klar, dass sie ein Glückspilz ist, denn sie liegt neben dem Mann, mit dem sie ihr Leben teilt. So mancher würde alles dafür geben, noch einmal und sei es nur für ein paar Sekunden, dem geliebten Menschen so nahe zu sein.

Vera bemerkt, wie Paul leise zu brummeln beginnt und sein Atem tiefer wird.

Als erneut ein Schnarcher die Stille durchbricht, muss sie grinsen.

Statt das Bett wie gewohnt zu verlassen, um den Rest der Nacht in ihrem Zimmer zu verbringen, streichelt sie ihm sanft über sein schütter werdendes Haar und küsst seine Stirn.

Plötzlich kommt ihr der Gedanke, dass sie ihr Zimmer ohne großen Aufwand in ein Gästezimmer umwandeln könnte.

Mit diesem Gedanken schließt sie die Augen und schläft augenblicklich ein.

Der Termin

Agnes steht vorm Badezimmerspiegel, betrachtet ihr müdes Gesicht, denn in der letzten Nacht hat sie kaum geschlafen.

Wie in einer Endlosschleife hat sie den heutigen Tag immer wieder durchgespielt. Den Tag, der der wichtigste in ihrem bisherigen Leben sein wird.

Sie schöpft sich mit den Händen Wasser ins Gesicht.

Dann betrachtet sie sich im Spiegel, versucht ein Lächeln, doch es gleitet zu einer Grimasse ab.

Sie drückt sich Zahnpasta auf die Zahnbürste und während sie sich die Zähne putzt, versucht sie die Aufregung abzuwerfen, die ihren ganzen Körper wie eine kratzige Decke umhüllt.

Agnes holt tief Luft, spuckt die Zahnpasta ins Waschbecken und spült sie weg. Wenn ihre Aufregung nur auch so schnell zu beseitigen wäre.

Mit einem Handtuch wischt sie sich den Mund ab und geht unter die Dusche.

Das warme Wasser tut ihr gut und beginnt ihren müden Körper zu beleben.

Agnes trocknet sich ab und geht ins Schlafzimmer.

Ein Blick zum Wecker auf dem Nachttisch macht ihr klar, dass sie noch eine Stunde Zeit hat. Eine Stunde für ihre Ankunft vor dem Standesamt am Pferdemarkt.

Als sie das geblümte Kleid, dass sie auf dem Bett ausgebreitet hat betrachtet, huscht ihr ein Lächeln übers Gesicht.

Sie hat sich für das Kleid entschieden, das sie trug, als sie Georg vor fünf Jahren, drei Monaten und zwei Wochen, zufällig über den Weg gelaufen war. Es war Liebe auf den ersten Blick.

Auch Georg hatte sich in sie verliebt, nicht sofort, aber schon nach einer Woche gestand er ihr, dass er das Gefühl habe, für den Rest seines Lebens nicht mehr ohne sie sein zu können.

Agnes streift sich das Kleid über und betrachtet sich im Spiegel des Kleiderschranks. Sie dreht sich, wiegt leicht ihre Hüfte und ist mit sich zufrieden. Auch wenn ein paar Jahre ins Land gezogen sind, findet sie sich mit ihren zweiunddreißig Jahren noch immer attraktiv.

Agnes hat noch eine halbe Stunde.

Sie zieht die Schlafzimmertür hinter sich zu und hebt eine Holzkiste vom Boden auf, die sie im Flur bereitgestellt hat.

Agnes ist sich sicher, dass sie Georg mit deren Inhalt überraschen wird.

Mit einem Blick auf ihre Armbanduhr versichert sie sich, dass sie gut in der Zeit liegt. Ohne Stau auf der Alexanderstraße wird sie in einer knappen viertel Stunde ihr Ziel erreichen.

Endlich. Sie hat diesem Tag entgegen gefiebert, soviel Hoffnung in ihn gelegt.

Wenig später fährt Agnes auf den Pferdemarkt und erwischt eine der wenigen Parklücken nicht weit vom Eingang des Standesamtes.

Sie steigt aus, schaut über die Autoreihen und entdeckt Georgs blauen VW Polo. Mit ihm hat er sicher seine Eltern abgeholt, die nicht mehr gut zu Fuß sind, denkt sie und schaut auf die Uhr.

Sie ist zu früh, dennoch nimmt sie ihre Holzkiste vom Rücksitz.

Sie ist weder groß noch schwer und so kann Agnes sie unter den Arm klemmen und auf Georgs Auto zu gehen.

Sie weiß, dass er nie den Kofferraum abschließt und als sie den Öffner betätigt, ist sie froh, dass sich diese Angewohnheit von ihm nicht geändert hat.

Gerade als sie sich nach vorne beugt, um die Kiste im Kofferraum zu verstauen, hört sie Stimmen und eine davon ist das helle Lachen von Georgs Schwester.

Agnes muss sich beeilen. Schnell schließt sie die Kofferraumklappe. Sie sieht, wie sich die Hochzeitsgesellschaft, die aus rund zwanzig Leuten besteht, vorm Standesamt versammelt.

Sie beginnen sich in zwei Gruppen aufzuteilen und sich links und rechts vorm Eingang zu postieren.

Die Blicke der Hochzeitsgesellschaft sind auf die Tür des Standesamtes gerichtet.

Georg erscheint aus dem Inneren des Gebäudes. Er trägt einen dunkelblauen Anzug. An seiner Seite geht eine Frau, von der Agnes gehört, sie aber noch nie zu Gesicht bekommen hat.

Agnes spürt ihr Herz rasen. Ihr wird schwindlig. Sie stützt sich am Auto ab und plötzlich wird ihr bewusst, dass sie zurück zu ihrem Wagen muss, bevor sie von Georg entdeckt wird.

Doch ihr Blick ist auf die Frau an Georg Seite gerichtet. Sie hat natürlich keinerlei Ähnlichkeit mit ihr.

Ein Mann und eine Frau, wahrscheinlich die Eltern der Braut, küssen erst die Frau und dann Georg auf die Wangen. Die Eltern sehen sehr konservativ aus.

Ihre Bewegungen und Gesten sind freundlich, aber beherrscht.

Georgs Frau schaut immer wieder zu ihm auf, als würde sie von ihm Anweisungen erwarten.

Agnes beginnt zu begreifen, ahnt, warum Georg vor einem Jahr ohne großes Aufheben mit ihr Schluss gemacht hatte, um kurz darauf sein Leben mit dieser Frau zu teilen.

Mit ihr kann er seinen Traum von einer heilen Welt mit Kindern, Auto, Einfamilienhaus und einer Karriere im Bankgeschäft verwirklichen. Sie wird ihm den Rücken frei halten, zu Hause bleiben und die Kinder großziehen. Mit dieser Frau hat er eine planbare Zukunft, nicht wie mit ihr, die immer auf ihre Unabhängigkeit bestanden hatte und stets im Augenblick leben wollte, neugierig darauf war, was die Zukunft bringen würde.

Über Agnes Gesicht huscht ein versöhnliches Lächeln, als sie zurück zu ihrem Auto geht. Sie steigt ein und betrachtet die Gesellschaft in sicherem Abstand.

Wie alte wacklige Dias laufen die Erinnerungen ihrer Zeit

mit Georg vor ihr ab. Doch da ist keine Trauer, nur Dankbarkeit, dass sie die Zeit mit ihm haben durfte.

Agnes startet den Wagen, fährt vorsichtig aus der Parklücke und macht sich auf dem Weg nach Hause.

Während der Fahrt betrachtet sie sich zufrieden im Rückspiegel, nickt sich zu und weiß, dass sie heute alles richtig gemacht hat.

Nun kann sie endlich mit ihrer Vergangenheit abschließen und ihre eigene Zukunft ohne Georg gestalten.

Die Erinnerungen an ihn wird sie immer im Herzen tragen.

Sie braucht keine Dinge, die Sie an ihre gemeinsame Zeit erinnern, die hat sie in eine Holzkiste verbannt und Georg ins Auto gelegt. Vielleicht, irgendwann, wenn sein Leben nach seinen Vorstellungen gelaufen ist, wird er die Kiste mal öffnen und in den Erinnerungen an eine Frau schwelgen, mit der er eine leidenschaftliche Beziehung hatte, ungestüm und planlos.

Agnes biegt ab und parkt vor ihrem Haus.

In der Wohnung angekommen, geht sie ins Schlafzimmer und zieht ihr geblümtes Sommerkleid aus. Und während sie es in einen Sack für die Kleidersammlung steckt, hört sie sich sagen:

„Viel Glück, euch beiden.“

Willkommen zurück

Seit einer halben Stunde redet Sonja von ihrer Arbeit.

Sie schimpft, erklärt und lacht abwechselnd.

Ihr Erzählfluss reißt nicht ab und es scheint, als hätte sie beschlossen, ihre letzten zwanzig Arbeitsjahre als Bereichsleiterin in einer großen Buchhandelskette, in Form einer Beichte abzulegen.

Er schaut erwartungsvoll auf den gedeckten Tisch, denn er hat ihr Lieblingsessen, Rouladen mit Rosenkohl und Kartoffeln, gekocht.

Er will ihr damit mal eine Freude machen, die sie bei ihrem kräftezehrenden Beruf dringend nötig hat.

Doch Sonja steckt noch in ihrer Arbeitswelt und bemerkt nicht, wie das Essen langsam zu dampfen aufhört und die Kerzen in der Tischmitte von ihr unbeachtet herunter brennen.

„Stell Dir nur vor...“, hört er sie sagen, doch seine Aufmerksamkeit schwindet, driftet ab und er fragt sich, wann es begonnen hat, dass sie genau zu einem dieser Menschen geworden ist, über die sie in ihrer Jugend gelacht haben. Sie hatten sich geschworen, nie so zu werden, wie diese hektisch herum rennenden Arbeitsroboter.

Für einen Moment fühlt er sich seiner Frau überlegen.

Er ist Autor und arbeitet zu Hause. Schreibt jeden Tag zwanzig Seiten, nicht mehr und nicht weniger, auch wenn sein Verlag sich ständig telefonisch nach seinen Fortschritten erkundigt. Doch er lässt sich nicht hetzen, sich nicht aus der Ruhe bringen.

Die Lesungen, mit denen er hauptsächlich sein Geld verdient, machen ihm Spaß, weil er sich die Orte aussuchen und Einfluss auf die Gestaltung der Veranstaltungen nehmen kann.

Doch bei Sonja sieht es anders aus. Immer wieder hat er das Gefühl, dass sie in ihrem Job zwischen den Stühlen steht.

Sie muss zu vielen Menschen gerecht werden, ist zu abhängig von den Kollegen und von Gestaltungsfreiheit ist bei ihr kaum die Rede.

Er ist sich nicht sicher, ob sie nicht längst weiß, dass es in dieser Firma keinen Platz gibt, der auf ihre Bedürfnisse zugeschnitten ist.

„Da kommt doch tatsächlich…"

Ihre Stimme ist geschult vom vielen reden. Ihr Kopf hat gelernt, Gedanken immer wieder neu zu ordnen, sie nicht zur Ruhe kommen zu lassen.

Am liebsten möchte Heino aufstehen und sie in den Arm nehmen, doch er weiß, dass sie seine Geste falsch verstehen würde.

Sie würde sich missverstanden fühlen, glauben, dass ihm nicht wichtig sei, was sie zu sagen hat.

So beugt er sich ihrem Diktat, hört ihr weiter halbherzig zu und vermeidet jegliches Gegenargument. Sie hat gelernt, dieses in Sekundenschnelle mit neuen Gedanken zu zerschlagen.

Das Essen ist bereits kalt, als Sonja sich erhebt. Sie hat keinen Bissen zu sich genommen.

„Ich habe keinen Hunger. Gehe schnell unter die Dusche und dann ab ins Bett. Der Tag morgen wird anstrengend.“, sagt sie und lässt Heino allein zurück.

Auch ihm ist der Appetit vergangen.

Er beginnt den Tisch abzuräumen und als er fertig ist, sieht er Sonja durch die halboffene Tür im Schlafzimmer stehen.

Trotz der Dusche, die sie doch erfrischen sollte, sieht sie müde aus.

Seine Frau ist zweiundvierzig, zwei Jahre jünger als er, doch mit den dunklen Augenringen, dem glanzlosen Haar und ihrer bleich wirkenden Haut sieht sie um Jahre älter aus.

So kann das nicht weitergehen, geht es ihm durch den Kopf.

Wenn sie das Bremspedal für ihr Leben nicht betätigen will, dann muss er es tun. Heino möchte sie zurück, die Frau, in die er sich vor Jahren verliebt hat. Sie ist noch immer da, aber ihre Arbeit beginnt sie ihm wegzunehmen, da ist er sich sicher.

Er stellt das Essen in den Kühlschrank, wäscht das Geschirr ab, bevor auch er sich unter die Dusche begibt, um wenig später die Nacht mit seiner schlafenden Frau und knurrendem Magen zu verbringen.

*

Lange liegt er schlaflos neben Sonja, die sich unruhig im Bett herum wälzt.

Sie murmelt undeutlich vor sich hin. Scheint Dialoge mit ihren Vorgesetzten oder mit Kolleginnen in einer ihrer Filialen zu führen.

Heino hat seine Hände hinter dem Kopf verschränkt. Wie gern würde er sich jetzt zu Sonja drehen, ihr sanft über den Kopf streicheln und ihr einen Kuss auf den Mund geben.

Doch sie hat einen leichten Schlaf, um den er sie nicht bringen will.

Stattdessen lässt er seinen Blick durch den dunklen Raum schweifen.

Der Verkehr unten auf der Alexanderstraße ist fast zum erliegen gekommen. Nur ab und an hört er das Brummen eines

Linienbusses.

Plötzlich huscht ein Lichtstrahl durch die Vorhänge.

Etwas dass nicht mehr vorgekommen ist, seit das ältere Paar aus dem Nachbarhaus vor einem halben Jahr auszog.

Hat die Wohnung nun endlich neue Mieter gefunden?, fragt er sich still.

Neugierig steigt Heino aus dem Bett und schleicht zum Fenster.

Vorsichtig schiebt er die Vorhänge ein Stück zur Seite und schaut direkt in die Küche der Nachbarwohnung.

Ein junger Mann und eine Frau, er schätzt sie auf Anfang zwanzig, sitzen in einem Lichtermeer aus Kerzen mitten auf dem Boden, umringt von Umzugskartons.

Sie prosten sich mit Wein zu und knabbern Kekse.

Heino spürt eine Sehnsucht aufkommen, beneidet sie um ihre Jugend, den unverwüstlichen Glauben, dass man noch das ganze Leben vor sich hat. Ihre Ausgelassenheit zeigt ihm, dass sie noch in keine Lebensfallen getreten sind.

Er muss lächeln, als sie sich zu küssen beginnen, so vorsichtig, als hätten sie darin noch keine Übung.

Sie stehen auf und beginnen sich zärtlich zur streicheln, begeben sich auf Erkundungstour.

Plötzlich spürt Heino einen Atem an seinem Ohr, spürt, wie eine Hand sich unter sein Schlafshirt schiebt.

Er wendet seinen Blick von dem jungen Paar ab, lässt ihnen ihre Intimität und dreht sich zu Sonja um, die neben ihm steht und zaghaft grinst.

Für einen Augenblick ist Heino verwirrt.

„Erinnerst du dich eigentlich noch an unser erstes Mal?“, fragt sie Heino flüsternd.

Er nimmt sie fest in den Arm, schaut sie an und nickt mit zerknirschtem Gesicht.

„Meinst du den Abend, als ich sechs Kondome verbraucht habe, weil mein kleiner Freund alles andere als müde war?“

„Ja, genau dieser Abend, als sich mitten in unserem Liebesspiel der Radiowecker einschaltete und der Verkehrsfunk angesagt wurde.“

Zum ersten Mal seit langem lachen sie ausgelassen miteinander, wie albernde Kinder. Heino kann sein Glück kaum fassen.

„Im Kühlschrank müsste noch eine angebrochene Flasche Wein stehen, wie wäre es mit einem Glas?", fragt er Sonja und schon im gleichen Atemzug befürchtet er, dass er zu weit gegangen sein könnte.

Zu lange ist es her, dass sie unvernünftig waren.

„Warum nicht?"

So sitzen sie wenig später im Bett, trinken den restlichen Wein aus, schwelgen in Erinnerungen und obwohl nicht nur Sonja immer öfter zu gähnen beginnt, wünscht er sich , dass die Nacht nicht zu Ende gehen möge.

Er hat Sorge, dass dieser Abend wieder eine Ausnahme sein wird, ihre Nähe und die gemeinsame Zeit wieder für Monate reichen muss.

Doch er wischt diesen Gedanken schnell weg, will im Hier und Jetzt sein, Sonjas Lachen, die Wärme ihres Körpers genießen, denn endlich ist die Frau neben ihm, die er seit Wochen vermisst hat.

Als es langsam hell zu werden beginnt, schlafen sie eng umschlungen ein.

*

Verschlafen steht Heino in der Küche am Kaffeeautomat und macht für Sonja und sich einen Cappuccino. Er hört sie im Flur telefonieren und wundert sich, dass sie trotz der vier Stunden Schlaf schon so fit ist.

Er schaut zur Uhr, in zehn Minuten muss sie sich auf den Weg machen, wenn sie nicht zu spät zur Arbeit kommen will.

Heino hat noch Zeit, er wird erst in einer Stunde die Arbeit an seinem neuen Buch fortsetzen.

Wie immer werden ihnen nur ein paar Minuten und ein paar Worte bleiben, bevor sie sich mit einem flüchtigen Kuss von ihm verabschiedet und ihm einen angenehmen Tag wünscht.

Als die Küchentür aufgeht, ist sein Erstaunen groß.

Sonja steht im Bademantel vor ihm und macht nicht den Anschein, als habe sie es besonders eilig.

„Ich hätte Lust auf Spiegelei und gebratenen Speck", verkündet sie und lacht, als Heino sie mit großen Augen ansieht.

„Was ist geschehen? Du hast doch heute einen wichtigen Termin.", gibt er ihr zu bedenken und glaubt, dass sie ihn veräppeln will. Gleich wird sie den Bademantel lüften, unter dem sie eines ihrer Kostüme trägt. Doch Sonja setzt sich seelenruhig an den Küchentisch und greift zum Cappuccino.

Heino holt die Eier und den Speck aus dem Kühlschrank, lässt etwas Butter in einer Pfanne schmelzen und als er den Speck zu braten beginnt, hört er sie sagen:

„Ich habe mich krank gemeldet. Heute muss die Firma mal ohne mich auskommen", erklärt sie wie nebenbei und trinkt einen Schluck Kaffee.

Wie vom Blitz getroffen, wendet Heino sich vom Herd ab.

Er kann es kaum glauben, stellt in Gedanken schon seinen Tagesplanung um, als sie ihn ansieht und den Kopf schüttelt.

„Denk nicht einmal daran. Du wirst schön an deinem Buch weiter arbeiten. Immerhin will ich mit dir eines Tages zur Nobelpreisverleihung nach Stockholm fahren."

„Nobelpreis für Literatur? Na Schatz, da hast du dir aber den falschen Schriftsteller geangelt."

„Wer weiß?" Sonja schmunzelt still vor sich hin und beobachtet ihn über den Rand des Kaffeebechers.

„Und was hast du heute vor? Einen Tag faul im Bett liegen?"

Statt direkt auf seine Frage zu antworten, erklärt sie mit ernster Mine: „Ich werde mich nach dem Frühstück vor den Computer setzen und mal etwas Recherche betreiben. Vielleicht gibt es ja eine Firma, die meine jahrelang erlernten Fähigkeiten noch zu schätzen weiß."

„Heißt das, du willst dich nach..."

„Ja, will ich. Ein Blick über den Tellerrand kann nie schaden."

Er kann es nicht glauben. Ihm ist, als hätte Sonja seine sorgenvollen Gedanken erraten. Er will sie schon fragen, wie es zu diesem Sinneswandel gekommen ist, als sie ihm zuvor kommt und erklärt:

„Weißt du, als ich gestern Nacht noch einmal zum Kühlschrank ging, habe ich all die Vorratsdosen mit meinem Lieblingsessen gesehen. Ich weiß noch, wie ich es kaum erwarten konnte nach Hause zu kommen, wenn du eines meiner Leibgerichte für mich gekocht hast. Gestern habe ich es nicht einmal angerührt. Ich habe die ganze Zeit von der Arbeit geredet, obwohl ich genau wusste, dass du irgendwann längst abgeschaltet und mir nicht mehr zugehört hast. Ich habe mich mal wieder nur noch selbst reden hören und da ist mir klar geworden, dass ich immer über das gleiche, wenn auch in abgewandelter Form, rede."

„Dem kann ich nicht wirklich widersprechen!", wirft Heino mit bedauerndem Unterton in der Stimme ein. Sonja fährt fort, ohne den Blick von Heino abzuwenden.

„Weißt du, als wir gestern Nacht im Bett beieinander lagen, ist mir klar geworden,wie sehr mir das alles gefehlt hat, wie sehr du mir fehlst und das alles nur, weil ich nur noch für den Job lebe."

Heino kann kaum glauben, was Sonja ihm beichtet. Er ist gerührt, denn wie ein kleines Wunder, wirken ihre Worte auf ihn.

Er findet keine Worte, die ausdrücken können, wie sehr er Sonja in diesem Moment liebt. Heino geht zu ihr, berührt von hinten ihre Schulter und drückt ihr einen erleichterten Kuss in den Nacken.

„Schön, dass du wieder da bist", flüstert er ihr ins Ohr.

Sie streichelt seinen Arm und gibt ihm einen Kuss auf den Handrücken.

„Finde ich auch", erwidert Sonja und zeigt auf den Herd, auf dem in der Pfanne gerade der Speck und die Eier zu verkohlen beginnen.

Der Wortesucher

Ich sitze am Küchentisch und schaue aus dem angelehnten Fenster im zweiten Stock in die Nacht hinaus.

Der Verkehrslärm unten auf der Gartenstraße ist längst verstummt.

Die Bäume, die den Schlossgarten zur Straße hin begrenzen, stehen unbeweglich in der Dunkelheit.

Seit Wochen versuche ich meine Gedanken zu ordnen, um sie auf den leeren Zettel vor mir zu bannen.

Ich will mir Klarheit verschaffen, will verstehen, was geschehen ist.

Doch ich weiß nicht, wie ich das, was an jenem Abend hier in diesem Raum geschah, in Worte fassen soll.

Reicht es, einfach zu schreiben, dass ich wie jeden Abend mit ihm beim Abendessen gesessen hatte, dass ich müde von der Arbeit und doch voller Vorfreude auf einen gemeinsamen Fernsehabend gewesen war?

Dass ich keine Ahnung davon gehabt hatte, was gleich nach dem gemeinsamen Feierabendkaffee geschehen würde?

Hätte ich geahnt, warum er beim gemeinsamen Abendbrot plötzlich aufhörte das Brot mit Butter zu bestreichen, die Käsepackung zur Seite schob und mich mit unsicherem Blick ansah, dann hätte ich diesen Moment eingefroren, um mich besser auf das bevorstehende Ereignis vorbereiten zu können.

Und so geschah es, dass er mir an jenem Abend ohne Vorwarnung gestand, dass er mich betrog.

*

Welche Worte können ausdrücken, was ich empfand, als das Geständnis seinen Mund verlassen und mir den Boden unter den Füßen weggerissen hatte?

Der Mund, den ich so viele Male voller Zärtlichkeit geküsst hatte?

Ich weiß nicht mehr, ob ich entsetzt vom Stuhl gesprungen war oder ihn nur stumm angeschaut habe.

Aber ich weiß noch, dass ich einen Riss in meinem Herzen spürte, der es zum Stottern brachte.

Ich erinnere mich, dass ich irgendwann am Boden lag.

Dass ich mich unkontrolliert auf den kalten Küchenfliesen wand, als versuchte mein Körper verzweifelt einen Ausgang für den überwältigenden Schmerz zu finden, der sich in meinem Inneren ausbreitete.

Dabei hatte er, mein einstiges Ein und Alles, keine zwei Meter entfernt von mir gestanden und entsetzt auf mich herunter geschaut.

Ich sah die Verunsicherung in seinen Augen, als er begriff, dass er etwas ausgelöst hatte, dessen Tragweite er nicht einschätzen konnte.

Erst als ich seine Frage, ob mit mir alles in Ordnung sei, mit „Ja“ beantwortete, hatte er erleichtert aufgeatmet.

Dann hatte er mir erklärt, er müsse nun schlafen gehen, denn er habe morgen einen anstrengenden Arbeitstag.

Wie soll ich beschreiben, was in mir vorging, als ich ihn wenig später schnarchen hörte?

Als ich mich fragte, woher er diese Ruhe für den Schlaf nahm, beschloss ich, ihn aus dem gemeinsamen Schlafzimmer zu verbannen.

*

Seit jenem Abend hatte ich begonnen, die betrügerischen drei Jahre unserer zehnjährigen Ehe Revue passieren zu lassen.

Natürlich hatte ich gewusst, wie müßig, gar aussichtslos es war, all seine einst gesagten Worte und vollzogenen Handlungen auf die Goldwaage zu legen.

Dennoch gab ich mich, entgegen besseren Wissens, Nacht für Nacht meinen Grübeleien hin, nur gestärkt durch Gemüsesäfte.

Stets um sieben Uhr morgens, wenn ich hörte, wie mein Nachbar von nebenan die Wohnung verließ, unterbrach ich meine dilettantischen Selbstheilungsversuche.

Während für ihn mit der Fahrt zur Arbeit ein neuer Tag begann, ging ich ins Bett, versuchte endlich Schlaf zu finden.

*

Doch jetzt ich Schluss damit.

Jetzt gilt es die Gedanken im Kopf auszuwechseln, die Seele endlich zur Ruhe zu mahnen.

Ich werde gleich duschen, denn es ist kurz vor sieben Uhr.

Gleich wird mein Nachbar die Wohnung verlassen, um zur Arbeit zu fahren.

Heute werde ich ihn fragen, ob er mich mit in die Innenstadt nehmen kann.

Bei diesem Gedanken bekomme ich plötzlich Appetit auf Rührei mit Toast und einen großen Becher Kaffee.

Oh, ja, das wäre prima!

Aber ehe ich hier vom Tisch aufstehe, muss eine Sache noch erledigt werden.

Ich greife zum Stift und beginne eine längst überfällige, kurze Nachricht an den Mann zu schreiben, mit dem ich meine Zeit bis ans Lebensende verbringen wollte.

„Ich bitte dich, bis heute Nachmittag die Wohnung zu verlassen.“

Als ich die Zeile noch einmal überfliege und den Stift zur Seite lege, denke ich überrascht:

Wie einfach es doch ist, wenigstens für klare Ansagen die richtigen Worte zu finden.

Fehlentscheidung

Die feuchte Luft, die meinen nackten Körper umhüllte, war erfüllt vom Duft des Lavendel. Ich schloss die Augen, sah die Hochebene von Valensole in der Provence vor mir und fühlte, wie ich zur Ruhe kam.

Dann sah ich mich durch enge Gassen eines kleinen französischen Dorfes gehen, betrachtete die Häuser, die aus Felsstein gebaut, friedlich und unverwüstlich in der gleißenden Juni-Sonne lagen.

Aus einer der Nebengassen hörte ich ein Geräusch und je mehr ich mich dem alten Dorfplatz näherte, umso lauter wurde es.

Von Weitem sah ich eine Frau. Sie war jung, hatte langes rotblondes Haar und klopfte mit der Faust gegen eine alte Kirchentür, als wäre der Teufel hinter ihr her.

Noch ehe ich mich ihr weiter nähern konnte, erklang ein weiteres Geräusch. Erst dachte ich an einsetzende Kirchenglocken, bis ich begriff, dass es die Klingel meiner Haustür war, die mich aus meinem Tagtraum riss.

Ich öffnete die Augen. Jemand klingelte Sturm und klopfte an die Tür.

Für einen Moment hoffte ich still, dass die Person aufgeben würde, doch als ich eine mir wohlvertraute Stimme hörte, zerplatzte meine Hoffnung wie eine viel zu große Seifenblase.

*

„Micha, ich weiß, dass du da bist. Nun mach auf.“, hörte ich die Stimme meiner besten Freundin Rolex.

Eigentlich heißt sie Alexandra, doch irgendwann hatte sie beschlossen, dass sie von allen Rolex genannt werden wollte, weil sie fand, dass diesem Namen mehr Glamour, mehr Wert, anhaftete.

Ich glaube, ich war der Einzige, der sie tatsächlich so nannte.

„Nun mach schon, ich bekomme langsam lange Arme.“

Oh Gott, stöhnte ich leise vor mich hin und musste mir eingestehen, dass es mit meinem Entspannungsbad vorbei war.

Ich stieg aus der Wanne, schlug ein Handtuch um meine Hüfte und öffnete das Badezimmerfenster.

„Komm rein, die Haustür ist nicht abgeschlossen!“, rief ich ihr zu und beobachtete den lavendelgetränkten Dampf, der nach draußen entwich und sich mit der kühlen Novemberluft vermischte.

„Ich bin im Bad“, rief ich ihr zu und begann mich abzutrocknen.

Rolex schlurfte in den Flur, klopfte kurz an der Badezimmertür und verkündete mit fester Entschlossenheit:

„Ich gehe schon mal nach oben und fange mit dem Ausmessen an.“

„Was denn ausmessen?“ fragte ich, doch da hörte ich sie schon die Treppe hochgehen.

Ich war verwirrt. Was hatte ich an welcher Stelle unserer vielen Telefongespräche, die wir im Laufe einer Woche führten, nicht mitbekommen?

Als ich mich im Spiegel betrachtete und mein Gesicht mit einer Feuchtigkeitscreme verwöhnte, fiel es mir plötzlich wieder ein.

„Mist, Mist, Mist, du Dummkopf.“, beschimpfte ich mein Spiegelbild. Plötzlich war sie wieder da, die Erinnerung an jene Nacht, in der ich irgendwann, durch eine Flasche Weißwein ermutigt, zum Hörer gegriffen und Rolex angerufen hatte.

Vor dem Anruf hatte ich stundenlang im Wohnzimmer meines kleinen Häuschens am Scheideweg gesessen.

Wie so oft nach dem Auszug meiner Freundin hatte ich mich einsam gefühlt.

Alle Spuren meiner vergangenen Beziehung waren längst beseitigt, doch irgendwie hatte ich nicht die Kraft, die entstandenen Lücken neu zu füllen. Lieber gab ich mich meinem Selbstmitleid hin und bekam den Hintern nicht hoch.

Manchmal versuchte ich mich mit Fernsehen und Lesen abzulenken, doch damit schlug ich nur die Zeit tot. Es half aber nicht dabei, das Gefühl des Verlassenseins aus dem Kopf zu bekommen..

Dann hatte ich plötzlich diese Idee und so hatte ich Rolex angerufen und sie gefragt, ob sie sich vorstellen könne, mit mir eine kleine WG zu gründen.

Doch schon in dem Moment als mir die Worte über die Lippen kamen, ahnte ich, dass ich einen Fehler beging.

Rolex hatte mir schweigend zugehört und am Ende um einen Monat Bedenkzeit gebeten.

Sie liebte ihre kleine 1-Zimmer Wohnung in der Achternstraße, mitten in der Innenstadt. Die Miete war für diese Lage sensationell günstig und alle Geschäfte des täglichen Bedarfs waren nur einen Katzensprung entfernt.

Als ich am nächsten Morgen mit einem leichten Kater aufwachte, hatte ich die ganze Angelegenheit fast schon vergessen und hoffte, dass Rolex meinen Vorschlag als Schnapsidee identifizieren und nicht weiter darauf eingehen würde.

Doch ich schien mich getäuscht zu haben.

*

Als ich wenig später das Bad verließ, beugte sich Rolex von oben übers Treppengeländer und schaute mich mit ihren Rehaugen an, denen ich noch nie etwas abschlagen konnte und fragte:

„Kochst du uns mal einen Kaffee?"

„Klar, mache ich!", rief ich nach oben und hörte schon Minuten später, wie sie in einem Werkzeugkasten herum wühlte. Ich kam mir vor, als hätte ich Handwerker im Haus.

In der Küche stellte ich mich vor die Kaffeemaschine und beobachtete wie der Kaffee in die Kanne lief.

Als ich den frischen Kaffee in zwei Becher eingeschenkt hatte und nach oben gehen wollte, um meine Freundin endlich zu fragen, was sie da eigentlich veranstaltete, kam sie mir bereits mit strahlendem Lächeln entgegen, nahm mir einen der Becher aus der Hand und setzte sich an den Küchentisch.

„Puh, da ist aber noch einiges zu erledigen!“, erklärte sie, wischte sich den Schweiß von der Stirn und steckte sich ihr dunkelblondes, schulterlanges Haar hinter die Ohren.

Ich grinste sie unsicher an.

Sie trug einen Blaumann, der ihr gut stand, aber es war auch nicht das erste Mal, dass ich sie so sah. Sie hätte einen Handwerksberuf erlernen sollen, denn sie war ein Allround Talent, so das ihr der ein oder andere Handwerker schwer das Wasser reichen konnte. Sie gehörte zu den Frauen, die nicht lange herumredeten, sondern lieber gleich anpackten.

Dafür liebte ich sie.

Allerdings benahm sie sich auf anderem Gebiet ähnlich.

Sie besaß Empathie für ihre Mitmenschen, doch die verbarg sie stets unter markigen Sprüchen, mit denen sie nicht selten andere Leute vor den Kopf stieß. Ich fand das nicht weiter schlimm, solange es nicht mich betraf.

Doch mit dem Anruf vor ein paar Wochen hatte ich mich unbedachter Weise in ihre Hände begeben. Und was sie einmal in den Händen hielt, ob Rohrzange, Hammer, Schraubendreher oder einen potentiellen neuen Liebhaber, ließ sie erst dann los, wenn sie mit dem Ergebnis zufrieden war oder einsehen musste, dass sie tatsächlich an ihre natürlichen Grenzen stieß.

Bei mir würde sie da keine Ausnahme machen, da war ich mir ganz sicher.

Rolex stand auf, schenkte sich noch einmal Kaffee nach, blieb aber an der Spüle stehen und erklärte:

„Also lieber Micha, wenn das hier eine WG werden soll, dann…“

„Ich habe angenommen, dass du erst einmal anrufst und mir erzählst, wie du dich entschieden hast.“, wagte ich einen ersten Vorstoß.

Meine Freundin sah mich mit großen Augen an.

„Ich dachte, du wüsstest längst, wie ich mich entschieden habe. Hast du je eine Sekunde daran geglaubt, dass ich dich in deiner Einsamkeit allein lassen würde?“

Ich schüttelte schweigend den Kopf.

„Na siehst du.“ Rolex lächelte zufrieden.

„Hast du denn deine Wohnung schon gekündigt?“, fragte ich in der Hoffnung, dass ich meine Entscheidung noch rückgängig machen konnte, ohne das Rolex auf der Straße landen und unter einer Brücke schlafen müsse.

„Nein, aber bei dem aktuellen Wohnungsmarkt bin ich das Zimmer innerhalb von Minuten los. Vertrau mir!“

„Dann behalte es lieber!“

Rolex stellte den Kaffeebecher neben die Spüle und runzelte die Stirn.

„Du willst doch jetzt nicht etwa einen Rückzieher machen? Immerhin habe ich seit unserem Telefongespräch Tage damit verbracht, deine Wohnung auf dem Computer auf WG-Tauglichkeit zu überprüfen.“

„Du hast was gemacht?“, fragte ich erstaunt, doch Rolex blieb mir eine Antwort schuldig.

Stattdessen nahm sie einen Stuhl und schob ihn neben meinen.

Sie setzte sich ganz dicht an mich und legte verständnisvoll ihren Arm auf meine Schulter.

„Ich kann verstehen, dass dir erst jetzt, wo ich da bin, die Tragweite unserer Entscheidung richtig bewusst wird. Aber glaub mir, ich weiß, dass in jener Nacht dein Herz, nein, deine Seele zu mir gesprochen hat. Tief in deinem Inneren weißt du, dass es keinen anderen Weg gibt, um deine Einsamkeit als Single zu besiegen."

Ich holte tief Luft. So wie sie es sagte, konnte man fast Angst bekommen.

„Wie hast du die Wohnung denn für uns kreiert?", fragte ich vorsichtig.

Als hätte sie nur auf diese Frage gewartet, zog sie einen Zettel aus der Tasche, faltete ihn auseinander und legte ihn auf den Küchentisch.

„Schau", begann sie und ich folgte ihrem Blick.

Was ich sah, erinnerte mich mit all den Zahlen und Strichen an eine komplizierte geometrische Berechnung.

„Also, oben in dem langen Zimmer müssen wir eine Trennwand einziehen, und in deren Mitte einen Rundbogen rein sägen.

Die Gardinen müssen ab. Es kommen Plissees an die Fenster.

Das Bad ist groß genug für uns zwei. Über ein zweites Waschbecken können wir gern reden. Für jeden von uns bleibt dann ein Schlafzimmer und ein Wohnzimmer und nicht zu vergessen, haben wir noch das Gäste-WC.

In der Küche sollten wir die Hängeschränke abnehmen, die wirken so erdrückend. Da kommen Bretter hin. Das wirkt dann auch viel offener.

Ach und willst du den Garten mit den Beeten so lassen?"

„Sieht doch schön aus, wenn alles blüht, oder?"

Rolex hob die Schulter.

„Das ist Geschmackssache. Ich wäre ja in der heutigen Zeit eher für eine Bienenwiese. Solltest du die Beete so lassen wollen, ich werde sie nicht pflegen.

Ach ja, stört es dich, dass ich unter der Dusche singe? Und gegen meine Einhorn-Toilettenbrille hast du doch sicher auch nichts einzuwenden, oder? Du saßt da ja schon bei mir drauf, hoffe ich wenigstens."

Rolex grinste vielsagend und klopfte mir auf die Schulter.

„Das wäre fürs Erste alles. Klar soweit?"

Wieder schien sie keine Antwort von mir zu erwarten, stand auf und zeigte in den Flur.

„Ich geh jetzt mal hoch und schaue mal nach, ob man den alten Fußbodenbelag in meinem zukünftigen Schlafzimmer gut herausreißen kann."

Ich folgte ihr in den Flur. Vor dem Gäste-WC blieb sie stehen und öffnete die Tür. Skeptisch schaute sie über die Fliesen auf dem Boden und die Kacheln an den Wänden.

„Meinst du, du könntest da mal durchwischen? Sieht aus, als würde in den Fugen noch alter Dreck kleben."

Ich nickte stumm, suchte vergeblich nach dem Dreck und war mir sicher, dass Rolex einfach einen besseren Blick für Verschmutzungen hatte.

Ich ging in die Küche, wusch die beiden Kaffeebecher mit der Hand, trocknete sie ab und stellte sie zurück in den Hängeschrank.

Sie hatte den Zettel auf dem Tisch liegen lassen. Auch wenn ich noch immer nicht aus ihren Zeichnungen schlau wurde, wusste ich doch eins, sie hatte gravierende Veränderung in meinem Haus vor, das ich von meinen Großeltern geschenkt bekommen hatte, als ich vor zwei Jahren mit dem BWL Studium begonnen hatte.

Schon der Gedanke an all die Veränderungen verursachte mir Magenschmerzen.

Ich holte tief Luft, beschloss, dass alles Grübeln jetzt auch nichts half und machte mich daran, den Fliesenboden im Gäste-WC zu schrubben.

Während ich wischte, meldeten sich erneut Zweifel. Sollte ich wirklich mit Rolex eine Wohngemeinschaft gründen?

Tagsüber, wenn ich zur Uni ging und gegen Abend für ein paar Stunden im Gaston, einem Flammkuchen-Restaurant in der Alten Molkerei jobbte, war ich abgelenkt und alles war gut. Und in den wenigen Nächten, in dem sich die Einsamkeit und die Erinnerungen an meine vergangene Beziehung wie ein dichter Nebel auf mich legte, musste ich halt so gut wie möglich überstehen.

Bei diesen Überlegungen sah ich plötzlich wieder Frauke vor mir.

Erst wollte ich das Bild wegwischen, doch irgendetwas sagte mir, dass ich die Bilder zulassen sollte, um sie endlich zu verarbeiten und langsam verblassen zu lassen. So lehnte ich mich an die Fliesen des Gäste-WC und schaute durch die offene Tür hinaus in den Flur.

Plötzlich war ich in jener Szene gefangen, die mein Leben von eine Sekunde auf die andere grundlegend verändert hatte.

*

Auch damals hatte ich genau an dieser Stelle gestanden, als Frauke aufgetaucht und mich mit einem unergründlichen Lächeln angeschaut hatte.

Erst hatte ich gedacht, sie wolle mit mir etwas unternehmen, zu dem ich keine Lust hatte.

Doch da hatte ich noch nicht ahnen können, wie sehr ich mich in diesem Augenblick getäuscht hatte.

Frauke hatte meine Hände genommen und in fast feierlichem Ton erklärt:

„Micha, wir sind jetzt zwei Jahre zusammen und ich denke, dass wir uns für eine Weile trennen sollten."

Mit diesen Worten hatte sie meine Hände losgelassen und war in die Küche gegangen.

Ich hatte sie angesehen, als wäre sie ein fremdes Wesen, war ihr wie ein treudoofer Hund in die Küche hinterher getrottet und hatte gehofft, dass sie mir eine Erklärung für ihren Entschluss geben würde.

„Das mag sich jetzt dramatisch anhören, ist es aber nicht“, hatte sie weiter erklärt und sich zu mir umgedreht.

„Ich dachte wir sind glücklich?“, hatte ich unsicher entgegnet.

Frauke hatte genickt und erklärt:

„Aber natürlich, das sind wir doch auch.“

Ich war mir hilflos vorgekommen, denn ich hatte gespürt, dass Frauke es wirklich ernst meinte.

„Warum willst du dich dann von mir trennen? Ist es die hochgeklappte Klobrille? Oder die offene Zahnpastatube oder liegt es daran, dass ich nicht immer gleich das schmutzige Geschirr in die Spülmaschine einräume?“

Frauke hatte belustigt den Kopf geschüttelt.

„Nichts von alledem. Hör zu.“

Ich war gespannt gewesen, was sie mir zu sagen hatte.

„Wir beide haben uns vor zwei Jahren hier an der Uni kennengelernt. Du bist von zu Hause weg, in das Häuschen deiner verstorbenen Großeltern gezogen. Ich bin aus der Studenten-WG direkt zu dir. Aber weißt du was? Ich war noch nie Single. Ich habe noch nie allein gelebt und darum weiß ich im Grunde nicht mal, wer ich wirklich bin, was ich eigentlich will.“

Frauke hatte eine kurze Pause eingelegt, aber nur so lange, bis sie die richtigen Worte gefunden hatte.

„Ich wollte schon immer mal in die Alpen, aber bis heute habe ich es nicht getan.“

„Du hast gesagt, du magst es nicht bei langen Wanderungen einen Rucksack tragen zu müssen.“, hatte ich erwidert.

Frauke hatte mich spielerisch gegen die Brust geboxt.

„Ach Mensch. Ich weiß, dass mein Entschluss nicht ohne ist, aber es ist doch nur auf Zeit."

„Das heißt also, dass du Zeit brauchst, dich selbst zu finden?", hatte ich gefragt und sah an ihrem Nicken, dass ich den Nagel auf den Kopf getroffen hatte.

Ich hatte auf die Wohnungstür gezeigt und erklärt:

„Wenn du durch diese Tür gehst, wirst du es schon vorm Haus bereuen und feststellen, dass ich das Beste bin, was dir passieren konnte. Dann wirst du mich jeden Tag heimlich verfolgen. Ist diese Vorstellung nicht traurig?"

Frauke hatte sich an mich geschmiegt und leise geflüstert:

„Lass es uns wenigstens versuchen."

„Wann willst du gehen?", hatte ich gefragt.

„Ich denke heute noch, um so schneller werde ich wieder bei dir sein."

*

„Wie kommst du im Gäste-WC voran?", riss mich Rolex Stimme aus meinen Erinnerungen, die sich jedoch nur langsam zu verflüchtigen begannen.

Ich musste daran denken, dass Frauke in der ersten Zeit nach unserer Trennung einmal die Woche angerufen hatte und wir uns an der Uni nie wieder über den Weg gelaufen waren.

Ihr letzter Anruf kam am ersten Heilig Abend nach unserer Trennung und Anfang des neuen Jahres hörte ich, dass sie aus Oldenburg weggezogen sei.

Ihre wenigen Sachen bei mir, hatte ich zu ihren Eltern geschickt.

„Ganz gut!“, antwortete ich Rolex endlich.

„Meinst du, du hast noch Kraft für den Küchenboden?“, fragte sie.

„Aber klar und nicht nur für den!“, antwortete ich übermütig. In diesem Augenblick freute ich mich, dass ich Gesellschaft beim putzen hatte. Auch wenn die Arbeit wie immer allein an mir hängen blieb.

Ich konnte mir vorstellen, dass ich später sicher auch noch oben im Haus weitermachen musste. Nicht vorzustellen, was Rolex mit dem Bodenbelag für Dreck hinterlassen würde. Und das war gerade erst der Anfang.

*

Ich wischte nicht nur den Küchenboden. Auch die Arbeitsplatte und die Schränke ließ ich im längst verschüttetem Glanz erstrahlen.

Als ich mich umschaute, war ich mit meiner Arbeit zufrieden.

Mehr noch, ich fühlte mich irgendwie auch von innen gereinigt.

All die grüblerischen Gedanken hatten sich aus dem Kopf verflüchtigt.

Den Glanz, der mich umgab, hatte ich geschaffen.

Ich konnte ganz allein auf mich stolz sein. Zum ersten Mal kam eine gewisse Ahnung auf, dass es auch schön sein könnte, als Single sein eigener Herr zu sein.

Auf jeden Fall fühlte es sich gut an und ich wollte auch im Wohnzimmer genau dieses Gefühl noch einmal erleben.

*

Eine halbe Stunde später, als ich mich putzend in der Fensterscheibe der Abstellkammer betrachtete, wurde mir klar, dass ich einem Putzrausch verfallen war. Eine alte LP von Jennifer Rush, leistete mir musikalische Gesellschaft.

Nach fast zwei Stunden war jeglicher Schmutz in den unteren Zimmern des Hauses beseitigt.

Ich war mit meiner Arbeit zufrieden, spielte schon mit dem Gedanken, draußen im Garten weiter zu machen, doch da fiel mir Rolex ein, die ich ganz vergessen hatte.

Ich nahm mir vor, mal nach ihr zu sehen, denn oben war es verdächtig still geworden.

Ich ging ins Bad, schüttete das schmutzige Wasser ins Klo und drückte die Spülung, als ein Poltern im Flur das Rauschen des Wassers übertönte. Ich eilte in den Flur und sah gerade, wie der alte Fußbodenbelag sich auseinander rollte und Rolex unter sich begrub.

„So ein Mist", stöhnte sie und schob den Fußbodenbelag von ihrem Körper. Ich kam ihr schnell zur Hilfe.

„Bist du etwa mit dem ganzen Zeug die Treppe hinunter gestürzt?“, fragte ich sie erschrocken.

„Nur die letzten vier Stufen“, stöhnte sie und fasste sich ans Bein.

„Bleib liegen. Ich rufe einen Rettungswagen“, erklärte ich und noch ehe Rolex etwas entgegnen konnte, griff ich zum Handy und wählte die Notrufnummer.

Während ich mit ihr auf den Krankenwagen wartete, kniete ich mich neben sie hin.

„Warum hast du mich denn nicht gerufen?“, fragte ich.

„Hab ich, aber gegen die laute Musik hatte ich keine Chance.“

„Tut mir leid!“, entgegnete ich kleinlaut.

„Na ja, ich hätte ja auch warten können“, gab sie kleinlaut zu.

„Ob da was gebrochen ist?“, fragte ich

„Jedenfalls tut das Bein höllisch weh!“, erklärte Rolex mit zusammengebissenen Zähnen.

„Der Rettungswagen kommt gleich, dann wissen wir mehr.“

*

Ich saß im Garten. Langsam brach die Nacht herein und die ersten Fledermäuse schwirrten im sicheren Abstand über die Wiese.

Ich hatte mir ein Glas selbst gepressten Orangensaft gemacht und lauschte auf das Schniefen eines Igels, der sich der Terrasse näherte. Doch meine Gedanken waren wie immer, wenn ich nach einem anstrengenden Tag zur Ruhe kam, bei Rolex.

Es war nun über zwei Woche her, dass sich Rolex Sturz auf der Treppe zugetragen hatte. Sie hatte sich das Bein gebrochen, doch zum Glück im Unglück war es kein Splitterbruch, sondern ein glatter Bruch ohne Komplikationen gewesen. Rolex war zu Hause und ich besuchte sie so oft ich konnte. Doch seit meinem letzten Besuch waren schon drei Tage vergangen. Unentschlossen schielte ich auf das Handy in meiner Hand. Ich wollte ihr gerade schreiben, erklären, dass ich gerade so viel zu tun hätte und versprechen spätestens am nächsten Wochenende wieder bei ihr vorbei zu schauen, als ihr Name auf dem Display erschien und das Klingeln einsetzte. Ich nahm den Anruf an und meldete mich.

„Hallo, meine Liebe! Wie geht es dir? Ich hoffe du langweilst dich nicht all zu sehr."

„Nein, mein Lieber, aber da du ja scheinbar keine Zeit für eine Audienz hast, will ich mich mal von meinem Thron herab lassen und mich selbst bei meinem Untertan melden", kicherte sie.

Ihre Fröhlichkeit machte mich stutzig. Sie hatte etwas auf dem Herzen, und schien noch nach den richtigen Worten für ihr Anliegen zu suchen. Ich bemerkte, wie sie kurz Luft holte, sich räusperte, als sie mit feierlicher Stimme erklärte:

„Mein lieber Micha. Du weißt, dass ich alles für dich tun würde."

„Ja , das weiß ich", antwortete ich.

„Ich würde auch gern mit dir eine WG eingehen, aber hast du dir mal deine Treppe genauer angeschaut?"

„Nein, warum?", fragte ich neugierig. Nach deinem Sturz habe ich an der Treppe keine Schäden feststellen können."

„Die Stufen sind abgenutzt. Sie schreien einem schon von Weitem *„Vorsicht Sturzgefahr"* entgegen."

„Oh, das ist mir gar nicht aufgefallen", entgegnete ich ehrlich.

„Also Micha, was ich sagen will, mit unserer WG wird es wohl nichts und ich bin ja nicht abergläubisch oder so, aber ich hatte viel Zeit über den Sinn des Sturzes nachzudenken. Könnte es nicht sein, dass mich irgendwas im Universum davon abhalten wollte, mit dir zusammen zu wohnen?"

„Meinst du unsere Idee war eine Fehlentscheidung?", fragte ich skeptisch und fühlte, wie ich mich langsam zu entspannen begann.

„Denk doch mal nach. Es ging in diesem Fall gar nicht um mich. Es ging um dich! Das Universum will, dass du endlich lernst, allein als Single zu leben. Du brauchst mich nicht als Mitbewohnerin. Beste Freundin mit eigener Wohnung reicht völlig aus."

Ich schwieg, bekam ein schlechtes Gewissen, weil ich wie ein Honigkuchenpferd über beide Wangen grinste.

„Ich weiß, es ist jetzt wie ein Schlag ins Gesicht, aber ich denke es ist besser so!", hörte ich sie mit ernster eindringlicher Stimme sagen.

„Überraschend kommt das jetzt schon“, erklärte ich wahrheitsgemäß.

„Glaub mir, es wird nicht lange dauern und dann wirst du feststellen, wie recht ich hatte. Und dann wirst du mich zu meinem Lieblings-Griechen einladen und aus Dankbarkeit die Rechnung bezahlen. „Na gut, du bist meine beste Freundin und ich vertraue dir! Aber das mit dem Griechen in der Mottenstraße machen wir sobald du wieder auf den Beinen bist.“

„Du weißt schon, dass man im Sanitätshaus auch Rollstühle ausborgen kann?“, neckte sie mich und versuchte die Stimmung zu heben. „Schon, klar, aber ich denke, du solltest kein weiteres Risiko eingehen“, meinte ich.

„Hast recht“, kam mir Rolex entgegen. „Darum werde ich unser Gespräch nun auch mal beenden. Ich bin müde. Ich hoffe, ich habe dir den Abend nicht total versaut.“

„Mach dir da mal keine Sorgen.“

„Schön, dass du das so siehst. Also, wir sehen uns!“

„Ja, auf jeden Fall und weiterhin gute Besserung. Ich komm am Wochenende auf jeden Fall vorbei.“

„Gut, bis dann!“

Mit diesen Worten legte Rolex auf und ich lehnte mich in meinem Gartenstuhl zurück, schloss die Augen und begann auf einmal in Gedanken meine erste Reise in den bevorstehenden Semesterferien zu planen. Ich dachte an die Hochebene von Valensole und in meine aufsteigende Vorfreude mischte sich neben dem Geruch von feuchter Erde auch ein Hauch Lavendel.

Die Zeit läuft

Wie jeden Abend schaute Reinhold Metz genau um 19:40 Uhr zufrieden auf seine leere Ablage und schaltete den Computer aus.

Er hatte zwölf Telefonate, vier Leistungsanträge für Pflegefälle bearbeitet und sich um zwei Therapieplätze langjähriger Versicherter gekümmert.

Ein arbeitsreicher Tag als Versicherungsangestellter bei der Krankenversicherung lag hinter ihm und in knapp zehn Minuten würde er ein Rosenbrötchen beim Bäcker am Hauptbahnhof kaufen, es in seinen Rucksack stecken und den Heimweg nach Hude antreten.

Dabei handelte es sich nicht um irgendein Brötchen, sondern um eines der letzten Rosenbrötchen, die immer übrig blieben, weil sie zu kross gebacken waren. Dieses Brötchen, das er täglich kaufte, ließ eine bestimmte Erinnerung aus seiner Kindheit aufflammen.

Als kleiner Junge wurde er jeden Montag zum Bäcker geschickt, um ein doppelt gebackenen Dreipfünder zu kaufen.

Kaum hatte er das Brot in den Händen gehalten, hatte er genussvoll in den Knust gebissen, trotz der Kopfnuss von seiner Mutter die ihn dafür erwartete, wenn er bei ihr das angebissene Brot ablieferte.

Doch dieser eine Moment, in dem er sich nicht an die Anweisung seiner Mutter gehalten hatte, das Brot unbeschadet abzuliefern, sich den frischen Teig wie eine Kugel Eis im

Mund zergehen ließ, wäre für ihn sogar eine Woche Hausarrest wert gewesen.

Für Reinhold Metz war das Rosenbrötchen zum Ersatz für das Brot geworden und die Erinnerung an seine einzige Rebellion gegenüber seiner strengen Mutter.

Still lächelte er vor sich hin und erhob sich vom Bürostuhl. Dann schritt er durch das leere Großraumbüro und steuerte die Flurtür an.

Es war 19:50 Uhr als er die sechsunddreißig Stufen nach unten zum Ausgang ging.

Auf der vorletzten Stufe entdeckte er eine Bananenschale, die jemand achtlos hatte fallen lassen.

Er wollte sie schon aufheben, als ihm einfiel, dass der Hausmeister den Mülleimer neben der Eingangstür weggenommen und ihn sechs Stufen tiefer, am Eingang zu den Kellerräumen, hingestellt hatte.

Ein Blick zur Uhr machte ihm klar, dass er damit gut eine Minute verlieren würde, was er auf keinen Fall riskieren wollte.

Eine Heimfahrt ohne Rosenbrötchen war für Reinhold undenkbar.

Er verlies das Versicherungsgebäude wie gewohnt um 19:55 Uhr, hatte noch vier Minuten und lag damit beruhigend gut in der Zeit.

Längst wusste er, dass er nach 357 Schritten, für die er 3 Minuten und 31 Sekunden brauchte, direkt vorm Tresen des Bäckers im Hauptbahnhof stehen würde.

In dieser Zeitspanne waren sogar die zwanzig Sekunden

einer Rot-Phase der Fußgängerampel an der Straße vorm Bahnhof mit eingerechnet.

Reinhold Metz lief seinem heiß ersehnten Rosenbrötchen entgegen.

Auf dem Bahnhofsvorplatz fragte ihn ein Obdachloser nach etwas Kleingeld und stellte sich direkt vor ihn. Reinhold Metz musste abbremsen. Schnell hob er entschuldigend die Schultern, obwohl er dem Mann locker ein paar Cent hätte geben können, denn er trug stets zwei Euro in kleinen Münzen bei sich. Von dem Geld würde er nur einundfünfzig Cent für das Brötchen ausgeben.

Die Angst, der Mann könne ihm durch seine Großzügigkeit in ein Gespräch verwickeln war größer, als das Verständnis für seine Lage.

Der Mann wünschte ihm mit alkoholgeschwängertem Atem einen schönen Tag und trat zur Seite, um kurz darauf einen anderen Passanten anzusprechen.

Reinhold Metz schaute im Gehen auf die Uhr. Er hatte noch genau 1 Minute und 10 Sekunden bis der Bäcker seine gläsernen Schiebetüren für heute schließen würde.

Noch fünf Schritte trennten ihn von dem Geschäft. Noch drei Schritte bis zu dem Mitarbeiter, der ihm stets ein Brötchen zur Seite legte.

Noch zwei Schritte. Er stockte kurz, denn der Mitarbeiter war ihm fremd. Auch wenn ihn ein ungutes Gefühl beschlich, öffnete er den Mund zum Gruß.

Plötzlich schnitt ihm von links eine junge Frau den Weg zum Tresen ab und schob sich vor ihn.

Panisch hielt er nach einer Brötchentüte ausschau, die stets links neben der Kaffeemaschiene für ihn bereit lag. Doch der Platz war leer. Sein Blick schwenkte auf die sechs Brötchenkörbe im Regal. Vier davon waren bereits leer, im fünften Korb lagen zwei einfache Brötchen und im sechsten Korb genau fünf dunkle Rosenbrötchen.

„Vier von den Rosenbrötchen", hörte Reinhold Metz die Frau vor sich sagen. Erleichtert atmete er auf. Doch die Gewissheit, dass er zu seinem Rosenbrötchen kommen würde, verflog wie eine aufgescheuchte Taube auf dem Schlossplatz, als er den Verkäufer in verkaufsförderndem Ton sagen hörte:

„Fünf Rosenbrötchen sind im Angebot!"

Einladend grinste er übers ganze Gesicht. Für Reinhold Metz kam innerlich alles zum Stillstand. Er hielt die Luft an, betete stumm, dass die junge Frau sich nicht von dem scheinbaren Schnäppchenangebot des Verkäufers verführen ließ.

„Das ist lieb gemeint, aber vier Rosenbrötchen reichen mir."

Reinhold Metz fiel bei ihren Worten ein Stein vom Herzen. Am liebsten hätte er die junge Frau umarmt, sich bei ihr für die Bescheidenheit bedankt, doch er tat es nicht.

Wenig später steckte er das letzte Rosenbrötchen in seinen Rucksack und ging nach oben zum Gleis, auf dem sein Zug in wenigen Minuten einfahren würde.

Er nahm wie immer den Zug um 20:06 Uhr, der ihn in zwölf Minuten nach Hude brachte. Nach weiteren vierzehn Minuten mit dem Fahrrad vom Huder Bahnhof bis zu seinem Haus, öffnete er um 20:32 Uhr die Haustür in der Waldstrasse.

Auch dieser Abend würde für Reinhold Metz in seinen gewohnten Bahnen verlaufen. Diese Kontinuität, die immer gleichen Abläufe gaben ihm Ruhe und Stabilität. Alles war vorhersehbar, doch für ihn war nichts davon langweilig. Ganz im Gegenteil. Ihn erwarteten die Dinge, auf die er sich freute, die ihm Spaß machten. Den Höhepunkt des Tages hob er sich wie immer bis kurz vom Schlafengehen auf.

Als erstes packte er das Rosenbrötchen aus, legte es in einen kleinen Korb und stellte es auf einem Tablett mit vier Marmeladensorten auf den Beistelltisch neben den Schaukelstuhl im Wohnzimmer am Terassenfenster.

In der Küche machte er sich einen leichten Salat, den er schon im Stehen zu essen begann, während er mit der freien Hand in der Nordwestzeitung blätterte. Nach dem Essen stellte er sich Musik an. Klassik musste es sein. Und an diesem Abend entschied er sich für Edvard Griegs „Peer Gynt“. Dann nahm er sein angefangenes Buch über Johanna die Wahnsinnige zur Hand und machte es sich im Schaukelstuhl gemütlich.

Kurz vor Mitternacht erhob er sich, ging zur Stereoanlage und wechselte die Musik.

Er legte eine CD von Jean Sebelius „Der Schwan von Tuonela“ op 22 No.2, gespielt vom Radio Symphonie-Orchester Helsinki, ein und griff endlich zu seinem heiß ersehnten Rosenbrötchen. Die ersten zwei Bisse sollten wie immer unverfälscht den Geschmak haben, den er so liebte, danach würde er jeden weiteren Bissen mit einer anderen Marmeladensorte genießen.

Genussvoll biss er ins Brötchen und ließ sich dabei zufrieden in den Schaukelstuhl zurück fallen. Er schloss die Augen, ließ den Teig auf der Zunge zergehen, genoss die Backaromen und gab sich bereitwillig seinen Kindheitserinnerungen hin.

Ein zweiter Bissen versprach erneuten Genuss.

Als er nach vorne schaukeln wollte, blockierte etwas die Kufen des Schaukelstuhls. Mit einem Ruck kam der Stuhl zum Stillstand. Reinhold Metz verschluckte sich, bemerkte, wie sich ein Teigstück samt fester Kruste in seine Atemwege verirrte. Sofort krümmte er sich nach vorn und versuchte den Fremdkörper aus seiner Luftröhre zu bekommen. Doch seine Bemühungen schienen vergebens. Sein Puls beschleunigte sich. Verzweifelt steckte er den Finger in den Rachen, hoffte sich übergeben zu müssen, doch nichts passierte.

Schwindel setzte ein. Er ahnte, dass es für ihn gerade um Leben und Tod ging. Auch wenn nicht sein ganzes Leben in diesem Moment vor seinem inneren Auge vorbeizuziehen begann, so kamen ihm aber die Bananenschale, die er nicht aufgehoben hatte, der Obdachlose, dem er das Kleingeld verweigerte und die junge Frau, die das Angebot des Verkäufers abgeschlagen hatte, in den Sinn. Panisch schaute er auf die zerquetschten Reste des Rosenbrötchens in seiner Hand, wähend er langsam das Bewusstsein verlor.

Unten vor der Tür

Es war endlich Feierabend im Finanzamt. Laura suchte ihre Sachen zusammen und schaute missmutig auf den Stapel Steuerbescheide, der langsamer zu schmelzen schien, als das Eis an den Polarkappen.

Von draußen im Flur hörte sie ihre Kollegen, die sich ein schönes Wochenende wünschten.

Laura konnte sich nicht erinnern, dass irgend jemand von ihnen mal zugegeben hatte, das Wochenende einfach nur allein dumm rumzusitzen, so wie sie. Stattdessen glaubten ihre Kollegen sich regelmäßig mit ihren geplanten Aktivitäten übertrumpfen zu müssen.

Laura stand auf und stellte gerade einen Ordner hinter sich ins Regal, als die Tür aufschwang und ihre Kollegin und Freundin Ulla lächelnd ins Büro trat.

„Wollte dir nur ein schönes Wochenende wünschen."

Laura verzog den Mund zu einem grinsen und fragte:

„Und, was hast du schönes geplant?"

„Mein Männe hat zwei Karten für die Kulturetage ergattern können. Ein Konzert mit Alexa Feser."

Laura hob unwissend die Schulter. Von der Künstlerin hatte sie noch nie gehört.

„Sie singt so herrlich melancholische Lieder.", begann Ulla zu schwärmen.

„Bei denen man sich tief gerührt an der Schulter seines Partners anlehnt?", fragte Laura mit einem verschmitzten Grinsen.

„Komm doch mit, an der Abendkasse gibt es vielleicht noch welche“, schlug Ulla ihr vor, doch Laura schüttelte den Kopf.

„Nein, nein. Was ist, wenn ich dann doch keine Karte mehr bekomme? Dann fühlt ihr euch wohl noch verpflichtet selbst auch nicht hinzugehen, um mich nicht allein zurück zu lassen.“

Laura winkte ab, nahm ihre Handtasche und verließ mit Ulla das Büro.

„Alles gut. Ich werde mir ein gemütliches Wochenende auf der Couch machen.“

„Ja, hört sich auch nicht schlecht an“, erklärte Ulla halbherzig, doch Laura sah in ihrem Blick einen Hauch von Mitleid mitschwingen.

Wenig später trennten sich ihre Wege.

„Bis Montag!“, verabschiedeten sie sich voneinander, bevor jeder seines Weges ging.

*

Als Laura ihre Wohnung in der Kreuzstraße betrat, schwappte ihr wie gewöhnlich die Stille ihrer vier Wände entgegen.

Achtlos streifte sie die hochhackigen Schuhe ab, hängte ihre leichte Sommerjacke an die Garderobe und begrüßte sich selbst im Spiegel mit den Worten: „Trautes Heim, Glück allein.“

Laura ging in die Küche, holte eine angebrochene Flasche

Weißwein aus dem Kühlschrank, nahm ein Glas von der Spüle und ging ins Wohnzimmer. Schon oft hatte sie einen Balkon vermisst, den ihre nicht ganz billige Wohnung leider nicht zu bieten hatte.

Sie könnte sich in den kleinen Garten setzten, auf dessen Mitbenutzung sie laut Mietvertrag ein Recht hatte, doch die Vorstellung, dass die Nachbarn sie dabei beobachteten, wie sie allein ihre Wochenenden verbrachte, wollte sie sich und den anderen nicht zumuten.

Laura öffnete das Fenster, ließ sich für einen Moment die warme Luft um die Nase wehen.

Es versprach ein lauer Juliabend zu werden. Eigentlich viel zu schade, um hier herum zu sitzen.

„Ach, was soll ‘s“, dachte sie bei sich und setzte sich mit dem Weinglas auf die Couch.

Sie schaute auf den dunklen Bildschirm des Fernsehers und griff zur Fernbedienung.

Für einen Moment spiegelte sich ihr Schatten auf dem Bildschirm und nicht zum ersten Mal sah sie sich dabei mit einem Glas in der Hand auf der Couch sitzen.

Laura hielt in der Bewegung inne.

„Was mache ich hier eigentlich?“, begann sie mit ihrem Spiegelbild zu reden.

„Genau, immer das Gleiche.“

Laura holte tief Luft, lehnte sich auf ihre gemütlichen Kissen zurück und wollte schon die Fernbedienung betätigen. Doch dann wurde ihr plötzlich klar, wenn erst der Fernseher an war, dann würde dieses Wochenende so wie immer verlaufen. Wenn sie ehrlich war, konnte sie fast schon jede ihre Handlungen im Schlaf aufsagen.

Sie würde eine Weile fernsehen, dann Hunger bekommen und sich halb warmes Essen vom Lieferservice bringen lassen.

Dann würde sie irgendwann mit vollem Magen einschlafen, mitten in der Nacht aufwachen und sich ins Bett schleppen, wo sie am nächsten Morgen erst gegen Mittag aufwachte.

Bei einem spartanischen Frühstück würde sie überlegen, was sie alles unternehmen könnte, um am Ende doch wieder auf der Couch vorm Fernseher zu landen. Manchmal rief sie auch eine Freundin an, aber die hatten am Wochenende meist nicht viel Zeit für sie.

Mit einem Ruck erhob sie sich von der Couch, legte die Fernbedienung aus den Händen und stellte das Weinglas auf den Beistelltisch.

Sie ging zum Regal, auf dem eine kleine Stereoanlage stand und blätterte die CDs durch.

Als „*Always on my mind*" von den Pet Shop Boys durch die Wohnung hallte, dachte sie bei sich:

„Gott, ist das lange her."

Sie war sich fast sicher, dass sie mit siebzehn Jahren zuletzt dazu getanzt hatte.

Plötzlich wurde sie von einem weichen Mantel der Erinnerungen umhüllt. Sie begann zu tanzen und zu Kajagoogoos „*Too Shy*" sang sie schon lauthals mit.

Laura tanzte sich in ein angenehmes Gefühl der Euphorie. Alles fühlte sich für sie so leicht an. Der Stress der Arbeit fiel von ihr ab und sie fragte sich, warum sie das nicht schon längst wieder getan hatte.

Einfach tanzen und dabei an nichts denken, nur die Musik genießen.

Laura tänzelte ins Bad, wobei sie sich, wie in einer der Liebesszenen im Film, nach und nach ihrer Kleider entledigte und sie achtlos auf den Boden fallen ließ.

Sie stellte sich unter die Dusche und während sie das warme Wasser auf ihrer Haut genoss, überlegte sie was sie gleich anziehen würde, denn sie hatte beschlossen, heute Abend in der Oldenburger Innenstadt essen zu gehen.

*

Als Laura eine Stunde später auf das Café Extrablatt in der Wallstraße zusteuerte, war sie noch immer in euphorischer Stimmung. Die Songs von Tina Turner, Marillion und Roxette hallten in ihrem Kopf nach. Außerdem hatte sie beim Schminken im Bad festgestellt, dass sie sich mit ihren achtundvierzig Jahren noch gut gehalten hatte. Diese Tatsache war wohl weniger dem täglichen Glas Weißwein und vielmehr den guten familiären Genen zuzuschreiben.

Laura hatte sich für das kleine Schwarze mit Spaghettiträgern und schwarze Stiefeletten entschieden. Vielleicht nicht farbenfroh, aber chic, fand sie.

Die Tische vorm Café waren gut besetzt. Die Gäste versprühten an diesem warmen Juliabend eine angenehme

Ausgelassenheit, die sie kurz an einen ihrer lang zurückliegenden Urlaube am Mittelmeer erinnern ließ.

Zu ihrem Pech war draußen kein Platz mehr frei und so setzte sie sich auf eine Bank an eines der offenen Fenster.

Von hier hatte sie einen schönen Blick auf die Wallstraße und konnte die Menschen beobachten, die durch die Straße zogen.

Erst jetzt merkte sie, wie sie das hier vermisst hatte. Und zwischen all den Leuten fühlte sie auch nicht die Einsamkeit, die sie an manchen Wochenenden überfiel.

Beim Kellner bestellte sie einen Flammkuchen mit Tunfisch, Peperoni und Hirtenkäse und ein Glas Grauburgunder.

Während sie auf ihre Bestellung wartete schaute sie sich um.

Beim näheren Hinsehen fiel ihr auf, dass einige der Paare sich zwar gegenüber saßen, aber jeder von ihnen unablässig mit seinem Handy hantierte.

„Wie schade“, dachte Laura.

Waren ihnen schon die Gesprächsthemen ausgegangen oder verhinderten die Handys, dass sie überhaupt welche fanden?

Sie musste kurz an ihre Freundin Ulla denken. Sie würde sich wundern, wenn sie ihr am Montag erzählen würde, dass sie sich endlich aufgerafft hatte, um mal was anderes zu sehen.

Naja, an Erleben dachte Laura da nicht. Das Café war

nun keine Partnerbörse und die Wahrscheinlichkeit hier jemandem über den Weg zu laufen, mit dem...

Laura stoppte ihre Gedanken. Sie merkte, dass ihr das nicht gut tat.

Ihre letzte Beziehung war über zehn Jahre her. Ihr Freund hatte sie damals für eine ältere Frau verlassen. Das war immerhin mal was anderes, aber dennoch blieb sie allein zurück.

Sie wüsste gar nicht mehr, wie so ein Date gehen würde. Und doch hätte sie mal Lust wieder einen Mann...

Erneut wurde sie in ihren Gedanken gestört, als der Kellner ihr den Wein brachte.

Laura nahm einen kleinen Schluck. Allmählich füllte sich das Café auch im Inneren mit Gästen. Der Stimmenpegel nahm zu.

Dann kam ihr Essen und als es vor ihr stand, merkte sie, wie hungrig sie war.

Sie konnte sich nicht daran erinnern, wann sie das letzte Mal allein in der Stadt gegessen hatte. Um so mehr genoss sie das Essen und beschloss, ganz im Augenblick zu sein.

*

Laura hatte nach dem Essen ein zweites Glas Grauburgunder bestellt. Der Kellner hatte das Geschirr auf ihrem Tisch zwar abgeräumt, aber der bestellte Wein ließ auf sich warten.

Sie schaute sich um, versuchte dem Kellner mehrmals ein

Zeichen zu geben, indem sie lächelnd den Arm in die Luft hob.

Sie wollte nicht aufdringlich sein, da sie sah, dass die Servicekräfte alle Hände voll zu tun hatten.

Sie startete einen erneuten Versuch, als ein Mann grinsend an ihrem Tisch vorbei ging und sie direkt anschaute.

„Was soll es denn sein?“, fragte er Laura, obwohl sie wusste, dass er nicht zum Servicepersonal gehörte, denn er trug ein dunkelblaues Hemd zu einer schwarzen Anzughose und schwarze Lackschuhe. An keinem seiner Kleidungsstücke konnte sie das Logo des Cafés erkennen.

„Ich tippe mal auf Grauburgunder?“, sagte er grinsend und lief an ihrem Tisch vorbei.

Erst war sie überrascht, doch dann fiel ihr ein, dass es auf der Karte nur einen Weißwein gab und vor ihr stand ein Weißweinglas. Also doch kein Hellseher, grinste Laura vor sich hin und versuchte weiter die Aufmerksamkeit einer der Kellner auf sich zu ziehen.

*

„So, einmal Grauburgunder. Wohl bekomms.“

Laura zögerte einen Moment, bevor sie das Glas von dem Mann entgegen nahm, der sie vor ein paar Minuten im Vorbeigehen angesprochen hatte.

„Ich hoffe Sie sind nicht der Manager und haben jemanden vom Servicepersonal in meinem Namen eine Standpauke gehalten?“, witzelte Laura und sah, wie der Mann ihr die Hand zur Begrüßung reichte.

Laura ergriff sie und sofort spürte sie die kleinen Härchen auf den Fingerrücken des Mannes.

In der anderen Hand hielt er ein zweites Glas Wein. Natürlich Grauburgunder. Dennoch wirkte er nicht so, als wolle er sich ihr um jeden Preis aufdrängen.

„Nein, ganz und gar nicht. Ich bin Erik, nur ein Gast.“

Sie bemerkte, dass er unschlüssig vor ihr stand, darauf wartete, ob sie ihm den Platz gegenüber am Tisch anbot.

„Wenn Sie wollen, können Sie sich setzen. Es sei denn…?“

Laura schaute hinter den Mann, als suche sie seine Begleitung.

Der Mann drehte sich ebenfalls um, schaute hinüber zur Theke.

„Nein, ich war mit ein paar Kumpels hier. Ein Absacker nach der Arbeit, aber nun müssen sie alle brav nach Hause und haben mich mit dem angefangenen Wein allein gelassen.“

Laura wusste sofort, dass das auf jeden Fall nicht den Tatsachen entsprach. Aber immerhin lächelte er dabei.

„Und Sie müssen noch nicht nach Hause?“, fragte Laura und beschloss dieses kleine Spiel mitzuspielen.

„Nein, ich habe alle Zeit der Welt!“, erklärte er.

Laura wies auf den leeren Stuhl.

„Na dann.“

Sie stießen zusammen an und schon nach wenigen Momenten begannen sie über unverfängliche Themen zu reden.

Er versuchte sie nicht auszufragen und auch Laura hatte keine Lust sich sofort in die Karten schauen zu lassen.

Auch wenn es schon ewig her war, seit sie mit einem fremden Mann zusammen an einem Tisch gesessen hatte, begann sie es langsam zu genießen.

Während er redete, stellte sie erstaunt fest, dass er schöne Augen hatte. Sein Blick war offen , in ihm lag eine positive Ausstrahlung. Auch sein graumelliertes Haar stand ihm gut und wenn sie sich nicht getäuscht hatte, musste er fast zwei Meter groß sein.

Sie schätzte ihn auf Anfang fünfzig und war sich sicher, dass er nicht allein durchs Leben ging.

„Sprechen Sie eigentlich immer fremde Frauen in Cafés an?“, neckte Laura Erik und sah, dass er die Augenbrauen hob.

„Naja, ganz fremd sind wir uns ja nicht, wir sind uns ja schon einmal begegnet.“, hörte sie ihn sagen und sah, wie er unsicher die Augenbrauen hob.

„Wo soll das gewesen sein?“, fragte Laura nach. Dieser Mann wäre ihr doch sicher aufgefallen.

„Das muss ein halbes Jahr her sein. Auf Ullas vierzigsten Geburtstag. Ulla Kahlmann. Wenn ich mich recht erinnere, sind Sie ihre Freundin.“

In Lauras Gehirn ratterte es. Mühsam versuchte sie sich Ullas Geburtstag ins Gedächtnis zu rufen und plötzlich ging ihr ein Licht auf.

„Ach ja, jetzt erinnere ich mich. Also, nicht an Sie, aber an den Geburtstag. An dem Tag war ich nur kurz da, hatte eine grässliche Migräne und bin nur vorbei gekommen, um Ulla wenigstens ihr Geschenk zu bringen."

Erik nickte.

„Stimmt, Sie waren wirklich schnell weg, dabei hätte ich gern mit Ihnen geredet."

„Tja, das holen wir ja gerade nach."

„Genau, an einem so schönen Abend. Was für ein Glück."

Laura genoss seine Aufmerksamkeit und ließ seine Worte auf sich wirken.

*

Kurz vor Mitternacht, Laura hatte mehrmals ein Gähnen unterdrücken müssen, beschloss sie den Abend zu beenden, so schön er auch war.

„Ich denke, es wird Zeit für mich!", erklärte Laura in einem ruhigen Moment und winkte dem Kellner.

„Ich würde gern den Abend übernehmen", erklärte Erik und wies auf die Speisenkarte.

„Das ist sehr nett, aber ich fühlte mich wohler, wenn jeder für sich bezahlt."

Erik nickte. Lauras Vorschlag schien ihn nicht zu kränken.

„Gut, aber dann müssen Sie mir gestatten, Sie nach Hause zu begleiten?"

„Oh, ich wohne in der Nähe der Bornhorster Wiesen. Ich laufe ganz gern dieses lange Strecke.

„Kein Problem!“, erwiderte Erik.

Laura hatte angenommen, dass er seine Begleitung auf ein kleines Stück in ihre heimatliche Richtung reduzieren würde, doch er ließ keinen Zweifel daran, dass sein Vorschlag für ihn beschlossene Sache war.

Jetzt schämte sie sich, denn sie würde ihm erklären müssen, dass sie geflunkert hatte.

Sie kam sich kindisch vor und glaubte schon alles verdorben zu haben, als sie erklärte:

„Nein, es ist nicht weit bis zu mir. Ich wohne im Kreuzweg, zwanzig Minuten von hier.“

„Um so besser“, grinste Erik.

Nun hätte Laura auch nicht mehr ablehnen können und nichts lag ihr ferner.

Der Abend mit Erik war schön. Sie hatte sich in seiner Nähe wohl gefühlt. Dass sie sich immer noch nicht beim Vornamen anredeten fand sie nicht schlimm. Ganz im Gegenteil, es hatte etwas Respektvolles.

Und so hakte sich Laura in dieser Nacht bei einem Mann unter, den sie gerade erst kennengelernt hatte, von dem sie nicht viel wusste, dennoch wollte sie sich gern von ihm nach Hause begleiten lassen.

*

Eine halbe Stunde später standen sie unten an der Tür vor Lauras Haus. Es war Zeit sich zu verabschieden.

Laura schaute Erik wortlos an. Ihre Gedanken fuhren

Achterbahn. Wie gern würde sie diesen Mann küssen. Sie sehnte sich so danach. Aber was dann?

Erik nahm ihr die Entscheidung ab, als er sich zu ihr beugte und sie zu küssen begann.

Laura schmiegte ihren Körper an seinen. Er fasste ihren Kopf mit beiden Händen und strich ihr sanft übers Haar.

Sie berührte seinen Rücken, ihre Bewegungen wurden drängender. Sie waren ganz bei sich und hatten das Gefühl in den Anderen hineinkriechen zu wollen.

Plötzlich hielt Laura überrascht inne.

Irgendetwas hatte ganz kurz gegen ihr Brustbein gedrückt.

Erst jetzt nahm sie die Kette an seinem Hals war.

„Der Anhänger deiner Kette, er hat....“

Laura brach im Satz ab, als sie sah, was er unter dem Hemd hervor zog. An der Kette hing ein Ehering.

Warum war sie plötzlich enttäuscht? Sie hatte ihn nicht gefragt, ob er verheiratet sei.

Sehr originell, man kann seinen Ehering natürlich auch am Hals tragen, dachte Laura still bei sich und spürte einen dicken Klos im Hals.

Erik sah ihren Blick, ahnte was ihr plötzlich durch den Kopf ging.

„Es ist nicht so wie du denkst!“, versuchte er zu erklären.

Warum dieser Satz?, ging es Laura durch den Kopf.

Tausend mal gehört, tausend Mal der Beginn einer Lüge, einer fadenscheinigen Rechtfertigung. Duzte er sie plötzlich, um bei seiner Erklärung eine Nähe herzustellen, die glaubwürdig klingen sollte?

Laura legte ihm den Zeigefinger auf den Mund.

„Alles gut. Ich möchte nicht hören, dass es vielleicht auch nur der Ehering deiner verstorbenen Frau ist, oder so, denn du bist mir keine Erklärung schuldig. Es war ein schöner Abend und wir sollten es dabei belassen."

„Aber hör mir doch zu. Der Ring ist nicht von meiner Ex - Frau", drängte Erik, doch Laura hatte sich längst umgedreht und die Haustür aufgeschlossen.

Doch dann drehte sie sich noch einmal um, versuchte ein veröhnliches Lächeln hinzubekommen.

„Erik, es war wunderbar mit dir. Danke für alles, auch für die Nähe, die ich mit dir haben durfte. Aber nun bin ich müde. Komm gut nach Hause. Gute Nacht."

Sie ratterte die Sätze nur so runter, wollte nicht, dass er ihre Traurigkeit sah, die sich langsam in ihr ausbreitete.

Jede Minute länger mit ihm würde den bisherigen Abend nur zerstören. Sie wollte ihn sich bewahren und so schloss sie die Tür, ohne ihn noch einmal anzusehen.

*

Es war Montag morgen, kurz vor Arbeitsbeginn.

Seit einer Viertelstunde saß Ulla auf Lauras Schreibtisch und schilderte in den schillerndsten Farben den Auftritt von Alexa Feser bei ihrem Konzert in der Kulturetage.

„Kennst du einen Erik? Er war wohl auf deinem vierzigsten Geburtstag", unterbrach Laura ihre Freundin.

Ulla schaute Laura mit großen Augen an.

„Ja, Erik Weber. Wieso fragst du?"

„Ich bin ihm am Wochenende im Café Extrablatt begegnet. Wir hatten einen schönen Abend dort. Er hat mich dann am Ende auch nach Hause gebracht.", berichtete Laura, ohne weiter ins Detail zu gehen, obwohl sie ahnte, dass sich Ulla damit nicht zufrieden geben würde.

„Und? Hast du ihn noch auf einen Kaffee rein gebeten?" Ulla schmunzelte verhalten.

„Nein, nicht was du denkst. Wir haben uns unten vor der Tür verabschiedet."

„Wieso, ich dachte, du hast lange nicht mehr...."

Anstandsweise beendete Ulla den Satz im Flüsterton.

„....mit einem Mann geschlafen. Ist gut für die Hormone, glaub mir."

Ulla schaute sie vielsagend an.

„Dass du mich aufforderst mit einem verheirateten Mann zu schlafen, hätte ich jetzt auch nicht gedacht!", flüsterte Laura in sanftem Ton.

„Verheiratet?" Laura bemerkte Ullas Verwirrung, die sie sich nicht erklären konnte.

„Er trägt seinen Ehering zwar an einer Kette. Aber verheiratet, bleibt verheiratet", fuhr Laura fort.

Ulla schüttelte den Kopf.

„Erik ist nicht verheiratet. Das kannst du mir glauben. Er ist mein ältester, bester Schulfreund. Er war mal verheiratet, aber das ist lange her."

„Warum trägt er dann einen Ehering an der Kette?", fragte Laura.

Ulla verzog den Mund und holte tief Luft.

„Naja, dass ist eine Marotte von ihm.

Er hat ihn für seine zukünftige Frau gekauft. Er glaubt, wenn der Ring bei der Frau die er küsst etwas bewirkt, dann ist es die Richtige.“

„Verstehe kein Wort“, erklärte Laura. Doch dann verstummte sie, schaute still vor sich hin und ließ die Szene mit ihr und Erik vor der Haustür Revue passieren.

„Laura, was ist?“

„Naja, der Ring hat mir beim Küssen kurz gegen das Brustbein gedrückt. Erst da war mir aufgefallen, dass er eine Kette trug.“

Laura schaltete den Computer ein und während er hoch fuhr, bemerkte sie gleichgültig:.

„Aber das ist natürlich Blödsinn. Dass kann jeder Frau, die ihn küsst, passieren.“

„Aber Erik ist nicht der Typ Mann, der jede Frau küsst, das kannst du mir glauben.“

Mit diesen Worten hüpfte Ulla von Lauras Schreibtisch.

Sie kritzelte ein paar Zahlen auf einen Notizzettel und klebte ihn an den oberen Rand an Lauras Computer.

„Nur für den Fall, dass ihr die Sache mit dem Ehering vielleicht noch einmal erörtern wollt.“

Mit einem zweideutigen Grinsen verschwand Ulla winkend aus dem Büro. Laura holte tief Luft und begann mit der Arbeit.

*

Am Dienstag nahm sie den Zettel, auf dem Ulla Eriks Handynummer geschrieben hatte vom Computer ab und legte ihn in die oberste Schublade. Am Mittwoch schaute sie während der Arbeit mehrmals auf den Zettel, ohne ihn zu berühren.

Am Donnerstag holte sie den Zettel aus dem Schubkasten und steckte ihn in ihre Geldbörse. Am Freitag, als sie kurz vor Feierabend Kleingeld für die Kaffeekasse an der Arbeit suchte, nahm sie den Zettel und speicherte die Nummer unter Erik als neuen Kontakt. Als sie am Samstag gegen Mittag aufwachte und ein spartanisches Frühstück zu sich genommen hatte, setzte sie sich auf die Couch und wählte Eriks Nummer.

Als sie seine überraschte Stimme hörte, sagte sie:

„Hallo Erik, ich bin es, Laura. Willst du mir noch immer eine bestimmte Sache erklären…?“

Ich habe es versucht

„Ich habe es versucht, dass können Sie mir wirklich glauben“, erkläre ich, Johanna Brams, vierundvierzig Jahre, der Frau, die mir seit einer Viertelstunde am Küchentisch gegenüber sitzt.

„Was genau haben sie versucht?, will die Frau wissen, die mir ihren Namen zwar genannt hat, den ich jedoch längst vergessen habe, denn ich kann mir Namen schlecht merken.

Ich bin nervös, reibe mir die Hände, als würde ich frieren, obwohl die Heizung in der Küche unterm Fenster voll aufgedreht ist.

Aus den Augenwinkeln bemerke ich einen gelben Fleck am unteren Rand des Kühlschranks. Senf oder ein Spritzer Eigelb. Ich kann es aus der Entfernung nicht genau erkennen. Ich versuche mich zusammenzureißen, um nicht augenblicklich aufzuspringen, mir einen feuchten Lappen von der Spüle zu holen und ihn zu beseitigen. Ich wende meinen Blick von diesem Schmutzfleck ab und bemerke, dass die Frau mich ruhig anschaut und auf meine Erklärung wartet. Bereitwillig komme ich ihr entgegen.

„Mit den Männern, verstehen Sie mich nicht falsch, es waren höchstens eine handvoll, war es immer wie mit der Entzauberung der Jahreszeiten.

Im Frühjahr freut man sich über das erste Grün, das durch die Erde bricht, bis man selbst ein wenig zu säen beginnt, obwohl man schon vorher weiß, dass nicht alle Samen aufgehen werden.

Im Sommer genießt man die Blütenpracht, bis die ersten Blüten zu welken beginnen und man die Pflanzen beschneidet, in der Hoffnung, dass sie ein zweites Mal zu blühen beginnen.

Im Herbst genießt man die erste Farbenpracht der Blätter, bis man das von den Bäumen gefallene Laub zusammen zu fegen beginnt.

Dann, im Winter fasziniert einen der erste Schnee, der seine weiße Pracht über die Dächer und Straßen legt, bis er sich in eine harsche, schmutzige Masse verwandelt und man auch noch aufpassen muss, dass man nicht ausrutscht und sich die Knochen bricht."

Die Frau mir gegenüber lässt meine Erklärung unkommentiert. Stattdessen hebt sie den Kaffeebecher und nippt von der dunklen Brühe, die längst kalt sein muss.

Vielleicht fehlen ihr aber auch noch ein paar Informationen meinerseits, vor allem wie es dazu kam, dass ich vor knapp einer Stunde zum Hörer griff und mit einem Anflug von stiller Verzweiflung über mein eigenes Unvermögen erklärte:

„Es ist schief gegangen, ich denke, Sie sollten in die Rennplatzstraße 73 kommen. Die Haustür steht offen."

*

Als ich Gabriel vor einem Jahr kennenlernte, glaubte ich, dass es mit ihm vielleicht anders werden könnte.

Ich hoffte es so sehr, war mir doch bewusst, dass ich bereits über vierzig Jahre alt war und endlich der richtige

Mann in meinem Leben auftauchen musste. Ein Mann, dessen Entzauberung für mich nicht schon nach wenigen Monaten einsetzen würde.

Ich wusste natürlich, dass es stets an mir lag. Wenn ich den Mann körperlich und seelisch erkundet und in meinem Herzen katalogisiert hatte, verlor ich das Interesse an ihm.

Ich kam mir vor, wie eine Forscherin, für die es plötzlich nichts Neues mehr zu entdecken gab, für die der Alltag mit seinen Wiederholungen mich anzuöden begann.

Doch bei Gabriel wollte ich alles anders machen.

*

Ich kann mich noch genau an jenen regnerischen Morgen erinnern, als ich Gabriels Wohnung verließ, um mit dem Bus in die Stadt zum Wochenmarkt auf dem Pferdemarkt zu fahren.

Während ich unter dem Glasdach der Bushaltestelle stand und auf den Bus wartete, beobachte ich einen alten Mann in blauer Regenjacke dabei, wie er auf einem Rollwagen Sperrmüll an die Straße stellte.

Mir fiel eine kleine cremefarbener Herd auf, der bei diesem grauen, regenverhangenen Morgen wie ein unpassender Farbklecks am Straßenrand wirkte.

Bei näherer Betrachtung entdeckte ich mehrere dunkelbraune Flecken auf den Kochplatten und eingetrocknete Essensreste an den Seiten.

Ohne es zu wollen, hatte ich plötzlich Gabriels Herd, seine ganze Küche vor meinem geistigen Auge.

Ich sah das Chaos, das er nach dem Kochen in der kleinen Küche hinterließ, sah die von seinen Füßen zertretenen Essensreste auf dem Küchenboden, die ihm beim Schneiden heruntergefallen waren. Ich sah die Fettflecke an den Fliesen hinterm Herd und die gelben Streifen am Herd, die sich gebildet hatten, als das Kochwasser sich mit der nikotingeschwängerten Luft verband. Der Geruch von altem Öl kroch mir in die Nase und ich hörte das Geräusch des Pfannenhebers, mit dem Gabriel die verkrusteten uneingeweichten Essensreste aus der Pfanne kratzte.

Zum ersten Mal ekelte mich die Vorstellung an, Essen, das in dieser Küche zubereitet wurde, zu mir zu nehmen.

Mit einem Mal sah ich Gabriel vor mir, wie er mir einen Löffel zum Probieren anbot und er mich mit erwartungsvollem Blick und Essenskrümeln im Bart ansah.

Mich schauderte es so sehr, dass ich mich innerlich schütteln musste.

Ich versuchte die Bilder vor meinem geistigen Auge zu verjagen, aber erst als der Bus in die Haltestelle einfuhr, gelang es mir endlich.

Als ich an jenem Tag aus der Stadt zurück kam, fragte ich Gabriel, was er davon hielte, seinen Bart wieder abzurasieren. Doch er wollte davon nichts wissen.

Sanft fuhr er sich mit Zeigefinger und Daumen über die Wangen als er augenzwinkernd fragte:

„Schatz, du willst mich doch auf einmal nicht nach deinen Vorstellungen formen?“

„Nein, natürlich nicht!“, hatte ich geantwortet und die Segel gestrichen.

Dafür begann ich, ohne ihn zu fragen, mehr und mehr Gemüse, statt Fleischgerichte vorzuschlagen, wenn er mich fragte, was er denn kochen solle.

Einen Monat lang ging es gut, dann schlichen sich wieder die ersten gebratenen Würstchen auf den Abendbrottisch.

Ich ließ es durchgehen. Doch als er eines Abends ein Spiegelei mit gebratenen Wiener Würstchen für sich machte und sich beim Essen das Eigelb in seinem Bart verfing, verließ ich angewidert den Tisch.

Das Unabwendbare geschah, ich begann mich vor Gabriel zu ekeln.

Immer wenn ich an ihn dachte, sah ich ihn mit Essensresten im Bart vor mir. Beim Essen mied ich ihn anzusehen und wich seinen Blicken aus.

Eines Abends stellte er unvermittelt fest:

„Johanna, ich glaube du gehst mir absichtlich aus dem Weg. Was ist denn los mit dir?“

Er hatte recht, ich mied ihn immer mehr, denn auch beim gemeinsamen Fernsehabend bestand die Gefahr, dass sich Gebäckkrümel in seinem Bart verfingen.

Nur Nachts, wenn ich mich neben ihn ins Bett legte, kam ich etwas zur Ruhe, denn er duschte stets vor dem Zubettgehen und vermied es im Bett zu essen.

Bis auf letzte Nacht.

*

Wie immer lag ich neben ihm im Bett. Gabriel hatte sich an mich gekuschelt und ich war gerade dabei, meine müden Augen zu schließen, als es geschah.

Plötzlich hörte ich ein Geräusch. Ich wusste sofort, woher es kam und etwas schuldbewusst wurde mir klar, dass ich nicht ganz unschuldig am Zustand seines Magens war, denn ich

hatte versucht meine Liebe zu ihm zu retten und schweren Herzens nachgegeben, als Gabriel verkündete, dass es doch langsam Zeit für Grünkohl und Pinkel sei. Beim Essen hatte ich sogar in seine Richtung gesehen, wenn auch nur auf Brusthöhe und ihm ein Lächeln geschenkt. Ich war mir sicher, dass er von meinem inneren Kampf nichts mitbekam.

Ich wurde unruhig, zog die Bettdecke bis zu den Ohren hoch, doch das Geräusch, das sich unter Gabriels Bettdecke immer lauter und drängender bemerkbar machte, war nicht mehr zu überhören und trieb mich allmählich in den Wahnsinn.

Ich hielt mir die Ohren zu, doch das Rumoren wollte nicht verebben, schien sogar noch zuzunehmen.

Panik stieg in mir auf und plötzlich sah ich all den Grünkohl und Pinkel, die Kochwurst, die Kartoffeln in einer Masse vereint in seinem Magen liegen.

*

„Sie müssen mir glauben. Ich habe versucht, die Bilder vom Essen in seinem Magen zu verdrängen. Ich habe versucht, mich nicht vor Gabriel zu ekeln, mir nicht seinen Blähbauch vorzustellen. Lange habe ich mit mir gerungen, nicht in die Küche zu laufen, um etwas zu suchen, womit ich den Lärm in seinem Magen beenden konnte."

„Es ist Ihnen aber nicht gelungen!", stellt die Frau mir gegenüber in kühlem Ton fest und legte ein dünnes, blutiges Filetiermesser in einer Tüte neben meinem Kaffeebecher ab.

Die Bachelorarbeit

Kira saß vorm Computer, starrte auf die Überschrift ihrer Bachelorarbeit, das Einzige, was von ihren Schreibversuchen in den letzten zwei Stunden übrig geblieben war. „Einsamkeit – Ursache und Auswirkungen in der Arbeitswelt und in Beziehungen".

Trotz des Recherchematerials, dass sie wochenlang aus der Unibibliothek zusammengetragen hatte, wollte ihr nicht der richtige Einstieg in ihre wissenschaftliche Arbeit gelingen.

Sie hatte noch zwei Wochen bis zur Abgabe.

Kira hatte zu viel Zeit mit Mirco verbracht, einem ihrer Mitstudenten aus der Uni.

Vielleicht hätte sie ihn vor zwei Monaten einfach links liegen lassen müssen, auch wenn sein Charme so viel Funken versprüht hatte, dass sie sich vor dem Funkenregen nicht rechtzeitig hatte in Sicherheit bringen können.

Auch jetzt kreisten ihre Gedanken um ihn, dabei müsste sie vernünftig sein, sich zusammenreißen und endlich mit ihrer Arbeit beginnen.

Die Sache war keinesfalls so ein Liebesding oder eine stürmische Romanze, wie man sie in unzähligen Variationen auf Netflix sehen konnte. Dennoch hatte sie sich von Anfang an in seiner Nähe wohl gefühlt. Auch ihm schien es so zu gehen und so verging kaum ein Tag, an dem sie nicht zusammen abhingen. Das Zusammensein mit Mirco fühlte sich gut an und sie genoss es jemanden um sich zu haben, vor allem dann, wenn ihr mal wieder die Decke auf den Kopf fiel.

Die meiste Zeit verbrachten sie bei ihm, denn er hatte ein großes Dachgeschosszimmer in einer Dreier-WG.

Das Haus, das er und seine Kumpels bewohnten, lag in der Huntestraße, direkt am Hafen.

Kira liebte die Gegend, die kleinen Boote, die dort vor Anker lagen.

Sie selbst wohnte noch zu Hause, in einer dieser weißen Oldenburger Hundehütten, wie diese Giebelhäuser genannt werden. Es stand in einer dieser spießigen Gegenden, in der jeden Freitag aus der Nachbarschaft ein Rasenmäherkonzert einsetzte. Jeder Hund bibbernd an den rostfreien, frisch gestrichenen Gartenzäunen vorbei lief und darauf hoffte, sein Geschäft nicht unter den Argusaugen der Bewohnen verrichten zu müssen.

Kira schielte auf das Handy, das neben dem Computer lag.

Sie hoffte mit einem Anflug von schlechtem Gewissen, dass jemand ihrer Freunde anrief und sie von ihrer Qual erlösen würde, doch das Handy blieb stumm.

Nachdem sie einen weiteren ersten Satz vom Bildschirm gelöscht hatte, griff sie selbst zum Handy und wählte Mircos Nummer.

„Hey, was machst du so?“, fragte sie, als er sich meldete.

„Nichts besonderes und du?“

„Ich sitze vorm Computer an meiner Bachelorarbeit.“

„Gehts voran?"

„Nee, komme über den ersten Satz nicht hinaus."

„Dann lass es doch. Wenn du Lust hast kannst du ja vorbei kommen."

„Keine schlechte Idee. Vielleicht können wir ja was zusammen machen."

„Können wir dann ja sehen.", entgegnete Mirco mit monotoner Stimme. Kira wurde hellhörig, doch dann wurde ihr wieder bewusst, dass Mirco sich nie zu großen überschwänglichen Gefühlen hinreißen ließ.

Er war einer dieser ruhigen Vertreter. Manchmal war das Kira ganz recht. Vor allem, wenn ihre Emotionen Wellen schlugen. Wenn ihr dagegen etwas auf den Zehennägeln brannte, sie vor Ungeduld ganz hibbelig wurde, dann ging ihr sein Gleichmut auf die Nerven.

„Alle gut bei dir?", fragte sie sicherheitshalber nach.

„Ja, klar, was soll schon sein. Komm einfach her."

Mircos Aufforderung ließ sich Kira nicht zweimal sagen. Alles war besser, als diesen Tag sinnlos zu vergammeln.

Vielleicht konnten sie beide ja wirklich noch etwas Schönes unternehmen, denn das hatten sie schon lange nicht mehr gemacht.

*

Nach einer guten halben Stunde Fahrradfahrt entlang der Nadorster Strasse, stellte Kira das Fahrrad in den Ständer vorm Haus und nahm das Einkaufsnetz vom

Lenker. Sie hatte unterwegs schnell noch ein paar Kleinigkeiten bei einem türkischen Kiosk eingekauft. Sie wusste, dass Mircos Mitbewohner übers Wochenende nie zu Hause waren und so strotzte der Kühlschrank meist vor gähnender Leere.

Kira drückte die Haustür auf, trat in den Hausflur und ging die Treppe bis ganz nach oben. Sie musste grinsen, als ihr der Geruch von Reinigungsmittel in die Nase stieg. Der Geruch stand zu sehr im Kontrast zu dem Geruch in Mircos Zimmer.

Neben seiner akribischen Unordnung hing immer eine Mischung aus altem Fett, Rauch und Staub in der Luft.

Kira öffnete die Wohnungstür mit dem Schlüssel, den entweder einer der Mitbewohner hatte stecken lassen oder den Mirco selbst für sie reingesteckt hatte, weil er mit etwas Wichtigem beschäftigt war, bei dem er durch die Türklingel nicht unterbrochen werden wollte.

Kira betrat die Wohnung, stand in einem ovalen Flur, von dem aus die zweite Tür rechts zu Mircos Zimmer führte.

Kurz überlegte sie den Einkauf in der Gemeinschaftsküche abzustellen, stattdessen stellte sie das Einkaufsnetz im Flur ab und ging in Mircos Zimmer.

Sie sah ihn am Schreibtisch am Fenster vor dem Computer sitzen. Er hatte sie noch nicht kommen hören. Kira schlich sich von hinten an ihn heran und als sie ihn erreicht hatte, drückte sie ihm einen Kuss in den Nacken.

Doch statt zusammen zu zucken, hob er nur leicht die Schulter.

„Da bist du ja. Hab dich gar nicht kommen hören."

Kira schaute auf den Bildschirm und sah asiatisch anmutende Kämpfer, die mit Schwertern gegeneinander kämpften.

„Was machst du?"

„Siehste doch. Ich spiele. Das ist die neueste Version von Naraka, einem Nahkampfspiel."

„Ah und wie viele Gegner musst du noch töten?", fragte Kira ohne großes Interesse.

„Na, dass ist viel komplexer.", erklärte Mirco.

Kira fiel ihm ins Wort, hatte keine Lust , dass er ihr das ganze Spiel erklärte. Außerdem war sie enttäuscht. Mirco hatte es nicht einmal geschafft, seit ihrem Anruf die Pizzakartons von der Couch zu nehmen und die Bettdecke über seine getragenen Unterhosen zu werfen.

Kira holte tief Luft, schaute noch einen Moment auf das Spiel, in dem in den letzten fünf Minuten mindestens acht Kämpfer ihr Leben verloren hatten und erklärte:

„Ich habe ein bisschen eingekauft. Bring es mal in den Kühlschrank."

„Ja, mach das!", hörte sie Mirco sagen.

„Ach Mist", fluchte er plötzlich. Erst dachte Kira, er hätte sie gemeint, vergessen ihr zu sagen, dass er schon selbst eingekauft hatte, doch dann sah sie, dass er seinen Kämpfer meinte, der wohl Lebensenergie verloren hatte.

Kira ging in den Flur, hob das Einkaufsnetz vom Boden und ging in die Küche.

Immer wieder hörte sie Mirco fluchen und hoffte, dass

seine Spielfigur bald das Zeitliche segnete, damit er endlich den Computer ausstellte.

In den ersten Wochen, als sie sich kennengelernt hatten, war er nicht ganz so aufs Spielen versessen gewesen, doch je länger sie zusammen waren, desto mehr hatte es zugenommen. Vielleicht, weil sie nie etwas dagegen gesagt hatte.

Kira öffnete das Fenster und schaute hinaus auf den Hafen.

Vier Schiffe lagen vor Anker und ihre Besitzer saßen an Deck im Sonnenschein. Ein älteres Paar ließ es sich bei Kaffee und Kuchen gut gehen und ein Mann hielt eine Flasche Bier in den Händen, mit sich und der Welt zufrieden.

Leises Stimmengewirr schwappte vom Ols, dem Brauhaus am Hafen, entgegen. Die langen Bänke entlang der Hafenmauer waren gut besetzt.

„Was für ein herrlicher Tag“, dachte Kira bei sich und all die Mühe, die sie noch zu Hause mit der Bachelorarbeit gehabt hatte, war verflogen.

*

„Mirco, schau doch nur, wie herrlich es draußen ist.“, rief sie durch die Wohnung.

„Glaube ich dir gern!“, antwortete er ihr, den Blick weiter auf den Bildschirm gerichtet.

Kira ließ das Fenster offen und ging zu Mirco.

„Was wollen wir denn heute machen? Es ist viel zu schade bei dem Wetter in der Bude zu hocken."

Mirco wendete sich auf dem Drehstuhl ihr zu und grinste sie schief an.

„Schlag was vor. Mir ist alles recht."

„Hast du keine Idee?", fragte sie und bemerkte, wie er zum Bildschirm schielte.

„Gib mir noch eine Viertelstunde, dann bin ich ganz für dich da. Versprochen."

Kira nickte.

„In Ordnung.", sagte sie, schluckte ihren Unmut herunter. Warum sollte sie jetzt mit ihm wegen der Spielerei zu meckern anfangen, auch wenn er ihr seit ihrem Erscheinen noch keine Minute das Gefühl vermittelt hatte, dass er sich freute, dass sie bei ihm war.

Kira ging zurück in die Küche. Sie ahnte, dass es länger dauern würde und machte sich einen Kaffee. Sie fragt Mirco nicht, ob er auch einen Becher wolle.

*

Eine knappe Stunde war vergangen, als Mirco zu ihr in die Küche kam und auf den Becher in ihrer Hand zeigte.

„Hast du auch einen für mich?"

Kira schüttelte den Kopf, zeigte auf die leere Kanne.

„Soll ich dir einen kochen?"

„Nee, brauchst du nicht extra."

Mirco ging zum Kühlschrank, öffnete ihn, überflog dessen Inhalt ohne sich was heraus genommen zu haben und schloss den Kühlschrank wieder.

Kira beobachtete Mirco eine Weile stumm. Er schien gerade nichts mit sich anzufangen zu wissen. Tief im Inneren wäre er für den Rest des Tages liebend gern vor dem Computer sitzen geblieben, doch er hatte Kira versprochen, dass sie noch etwas zusammen unternehmen würden.

„Ist dir was eingefallen?“, fragte Kira, obwohl sie seine Antwort schon ahnte.

Er schenkte ihr ein schiefes Lächeln.

Mit seinem dunkelblonden Lockenkopf, der schwarzen Jeans, die auf Halbmast hing und dem ungebügelten dunkelblauen T-Shirt, sah er wie ein verprügelter Hund aus.

„Hast du eine Idee?“

Noch ehe Kira antworten konnte, klingelte Mircos Handy.

„Moment mal, das ist ein Mitspieler, der hat ein Problem mit dem Spiel. Er hat immer ein Problem mit dem Spiel.“

Mit diesen Worten verschwand Mirco aus der Küche zurück in sein Zimmer und begann mit dem Anrufer zu fachsimpeln.

„Mensch Alter, ich bin auch noch ewig entfernt die Maske der Unsterblichkeit zu bekommen. Ja auf der Morusinsel...“

Kira verzog den Mund. Kurz dachte sie darüber nach, dass es vielleicht keine gute Idee gewesen war, Mirco aufzusuchen.

Aber er hätte ihr auch sagen können, dass es heute schlecht war und er keine Zeit für sie erübrigen könne.

„Hat er aber nicht und nun stehe ich hier dumm herum“, erklärte Kira die Situation sich selbst.

Nur war es nicht das erste Mal, dass die Tage mit ihm so verliefen. Drei Monate waren sie zusammen. Manchmal hatte sie sogar ein komisches Gefühl, wenn sie ihr Zusammensein als Beziehung bezeichnete. Ab und an kam es ihr vor, als seien sie einfach nur Freunde, die ab und an auch im Bett landeten. Freundschaft plus, wie ihre Freundinnen es nennen würden.

Doch so schnell wollte sich Kira heute nicht geschlagen geben.

Gleich nach Mircos Telefonat würde sie den Tag retten.

Mit wiedergewonnenem Optimismus öffnete sie den Kühlschrank und machte sich ans Werk. Sie hatte eine Idee.

*

Eine weitere Stunde war vergangen. Es war bereits früher Abend. Die ersten Mücken suchten Zuflucht in der Küche. Draußen war es noch hell, doch die Sonne begann bereits ihren Sinkflug.

Kira stand wartend in der Küche. Als sie sah, dass Mirco endlich aufgelegt und das Handy in die Hosentasche gesteckt hatte, rief sie ihm zu:

„Bring noch eine Decke aus dem Zimmer mit und eine dünne Jacke, damit du später nicht frierst.“

„Was haben wir denn vor?“, rief er aus seinem Zimmer heraus.

„Wir machen ein Picknick, unten am Wasser."

Mirco kam aus seinem Zimmer, schaute auf den voll beladenen Picknickkorb und sagte:

„Wäre Pizza bestellen nicht einfacher gewesen?"

„Ja wäre es, aber nicht so originell", lächelte Kira und schob Mirco Richtung Wohnungstür.

*

Kira und Mirco überquerten die schmale Huntestraße, öffneten die kleine Tür im niedrigen Zaun und suchten sich einen Platz auf der Wiese, die zum Wasser hin abfiel.

Kira breitete die Decke aus und begann den Inhalt des Korbes auszupacken. Mirco öffnete die Rotweinflasche und versuchte sie sicher neben die Decke zu stellen.

Kurz darauf lagen ein Baguette, Käse, Weintrauben, gewürfelte Salami und roter Paprika lecker angerichtet auf einem großen Holzteller.

Kira begann sich zu entspannen. Mirco schaute sich um, als würde er die Gegend zum ersten Mal wahrnehmen.

„Schön hier, oder?"

„Ja, ganz schön!", erwiderte Mirco und holte sein Handy aus der Hosentasche.

„Sogar Empfang."

Er bemerkte Kiras bösen Blick, legte das Handy zur Seite und schenkte ihnen beiden Rotwein in die mitgebrachten Gläser ein.

„Auf uns!" Kira stieß mit Mirco an, doch kaum hatten

sie einen Schluck getrunken, hatte er das Handy wieder in der Hand.

Mit einem leichten Stupser gegen die Schulter, bedeutete er Kira, dass sie sich auf die Decke legen möge. Als sie es tat, legte sich Mirco daneben und hielt das Handy über ihre Gesichter.

„Schön lächeln!“, sagte er und schoss ein Foto.

Kaum geschehen, erklärte er:

„Warte, ich schick dir mal die Fotos auf dein Handy.“

„Danke, ich habe mein Handy oben gelassen.“, erklärte Kira.

„Kein Problem, schau mal.“

Kira betrachtete die Fotos. Zwei heiter grinsende junge Menschen, Anfang zwanzig auf einer Decke.

Kira fand die Fotos schön, sie wirkten so ausgelassen. Und plötzlich begriff sie, dass diese Fotos etwas vortäuschten, was nicht wirklich da war, was nicht existierte. Es war gestellt, war gedacht für Mircos Kumpels, an die er die Fotos im nächsten Augenblick auch verschickte.

Kira saß neben ihm, beobachtete Mirco, der nichts von all dem genoss.

Das ältere Ehepaar vom Boot, das sie vom Fenster aus gesehen hatte, winkte ihnen zu. Nur Kira erwiderte ihre Fröhlichkeit und winkte zurück.

In diesem Moment, in dem sie, wenn auch nur aus der Ferne, durch ihren Gruß Kontakt zu dem Paar aufnahm, fühlte sie sich losgelöst. Mirco neben ihr wirkte auf sie, als hätte man ihn aus dieser Szene herausgeschnitten.

Mirco nahm ein Stück Käse, griff beherzt in die Schüssel mit den Salamiwürfeln und brach sich ein Stück vom Baquettebrot ab. Er schlang alles in sich hinein, als hätte das Picknick ohne Essen keine Berechtigung stattzufinden.

All das machte Kira traurig. So gern sie hier, nicht weit von den Booten, saß, die laue Sommerwärme genoss, war es ihr, als würde sich ein dunkler Schatten über Mirco und sie schieben.

Langsam wurde es dunkel, die ersten Lichter in den Häusern gingen an. Auf einem der Boote war eine bunt leuchtende Girlande zu sehen. Mirco widmete sich seinem Handy, nichts deutete darauf hin, dass er unzufrieden war, auch wenn er mit Kira nur redete, wenn er ihr witzige Videos auf Tik Tok hinhielt.

Kira hatte keine Lust mehr so zu tun, als wäre für sie alles in Ordnung. Sie wollte nicht nur so etwas wie Mircos stille Begleiterin sein. Sie fürchtete, dass er mit weniger zufrieden war, als sie.

Sie fühlte Trauer in sich aufsteigen.

Sie schaute Mirco von der Seite an, sah, dass das Licht des Bildschirms auf sein Gesicht fiel.

„Übrigens, ich habe dir Arsen in den Rotwein geschüttet.“, sagte sie im ruhigen Ton.

Sie gab ihm ein paar Sekunden, bevor sie ihn in einem etwas lauteren Ton fragte:

„Hast du gehört, was ich gesagt habe?“,

„Ja, prima Sache!“, antwortete er und grinste sie kurz an. „Klar, ganz sicher!“

Wut schwang in ihrer Stimme.

Mirco schaute sie verwundert an. Als Kira sich erhob, fragte er:

„Was ist denn? Wollen wir schon los?"

„Ich hatte gesagt, dass ich dir Gift ins Glas geschüttet habe. Und du antwortest: *Prima Sache*. Du hörst mir nicht mehr zu."

Noch immer schaute Mirco als wäre er im falschen Film.

„Echt? Tut mir leid!"

Kira holte tief Luft.

„Mir auch. Ich gehe jetzt, hole noch mein Handy von oben."

Mirco hob die Schulter und wandte sich seinem Handy zu.

„Ich bleibe noch, die Idee mit dem Picknick hier war echt super."

Kira drehte sich um, suchte in seinem Blick ein Anzeichen davon, dass er sich gerade über sie lustig machte, doch da war nichts zu sehen. Er meinte es so, wie er es sagte.

Wortlos ging sie ins Haus und als sie wenig später zurückkehrte, blieb sie am Zaun stehen. Er hatte das Essen in den Picknickkorb gepackt und saß mit seinem Handy und einem Stück Käse noch immer auf der Decke.

„Ich hau jetzt ab."

„Echt, so spät noch? Was war das Thema nochmal?"

„Einsamkeit!"

„Echt? Krasses Thema. Geht es da nicht nur um alte Menschen?"

„Nein, es geht dabei..."

Kira brach mitten im Satz ab, weil Mirco schon längst nicht mehr zuhörte. Doch dann fuhr sie halblaut fort.

„Einsamkeit gibt es auch bei jungen Menschen in Beziehungen, zum Beispiel, wenn man mit einem gewissen Mirco zusammen ist."

„Was?"

„Alles gut. Ich bin dann jetzt mal weg."

„Ja, alles klar. Wir sehen uns." Mirco hob zum Abschied die Hand.

„Ruf mich an!", rief er Kira noch hinterher. Doch Kira war längst aufs Fahrrad gestiegen und davon gefahren.

Während sie nach Hause fuhr wurde ihr wieder bewusst, dass dort ihre ungeschriebene Bachelorarbeit auf sie wartete.

Doch diesmal war sie gelassen, nahm sich vor, gleich morgen einen neuen Versuch zu starten.

Sie war sich sicher, dass sie dieses Mal gut vorankommen würde.

Denn sie hatte ab jetzt eine Ablenkung weniger.

Keine Ahnung

Nach zwei Stunden hat Eva das Chaos in Torstens kleiner Wohnung beseitigt. Das verschmutzte Geschirr ist abgewaschen, die überfüllten Aschenbecher ausgeleert und seine achtlos hingeworfenen Kleidungsstücke hängen gewaschen auf der Wäscheleine im Garten hinterm Haus.

Ihre Mutter würde den Kopf schütteln, wenn sie wüsste, dass sie für ihn immer noch die Putzfrau spielt. Aber ihr ist das egal.

Wenn es hier sauber und ordentlich ist, fühlt auch sie sich wohl.

Eva schaut auf die Uhr und geht ins Schlafzimmer um sich umzuziehen, denn in knapp zwei Stunden beginnt ihre Schicht in der Tankstelle am Westkreuz.

Über ihren Job in der Tankstelle hatte ihre Mutter unlängst die Nase gerümpft und sie gedrängt, sich doch endlich eine vernünftige Arbeit zu suchen. Auch in diesem Punkt will ihre Mutter nicht glauben, dass sie zufrieden ist.

Wenig später steht Eva fertig umgezogen vorm Spiegel und bindet sich ihr langes rotblondes Haar zu einem Knoten. Sie will schnell noch die Ohrclips anlegen, als ihr einer von beiden zu Boden fällt.

Aus den Augenwinkel sieht sie, dass das vergoldete Schmuckstück unters Bett kullert.

„Auch das noch“, flucht sie laut, bückt sich und kriecht unters Bett.

Zum Glück hat sie den Fußboden darunter gerade von einem Bataillon Staubmäuse befreit.

*

Torsten und Frank, die zusammen in die Schule gegangen sind, können es immer noch nicht glauben, dass sie sich vor nicht einmal fünf Stunden zufällig über den Weg gelaufen sind.

Über zehn Jahre haben sie sich nicht mehr gesehen.

Ihr Gespräch über die gute alte Jugendzeit nimmt kein Ende.

Da sie nicht weit von der Bushaltestelle 301 sind und der Bus fast bis zu Torstens Wohnung fährt, überredet er Frank, noch auf einen letzten Absacker mit zu ihm nach Hause zu kommen.

So laufen sie wenig später im Schein der Straßenlampen im Alexandersfeld herum und plaudern munter drauf los, als gilt es die letzten zehn Jahre im Schnelldurchlauf Revue passieren zu lassen.

Vor einem flachen Gebäude, das eher einem Schuppen gleicht und dessen Holztür dringend einen wetterfesten Anstrich gebrauchen kann, bleibt Torsten stehen.

„So, da wären wir.“

Während er etwas Mühe hat den Schlüssel ins Schloss zu stecken, erklärt Frank erneut mit Nachdruck:

„Aber nur noch einen Absacker, dann muss ich zurück ins Hotel. Ich muss morgen wirklich früh raus."

„Du kannst auch gern bei mir auf dem Sofa schlafen."

Frank schüttelt den Kopf.

„Nein, das Zimmer ist bezahlt und...."

„Verstehe", fällt ihm Torsten grinsend ins Wort.

„Gegen das Hotel „Tafelfreuden" kann ich natürlich nicht konkurrieren."

Mit einer gönnerhaften Geste bittet Torsten seinen alten Kumpel in die Wohnung.

*

Seit einer gefühlten Ewigkeit versucht Eva den Ohrstecker mit ihren Fingernägeln aus der Ritze zwischen den Dielenbrettern zu puhlen.

„Nun komm schon, ich habe nicht ewig Zeit", flucht sie nicht zum ersten Mal. Doch der Ohrclip scheint nicht gewillt zu sein, sich von Eva aus der Ritze befreien zu lassen.

Eva will schon aufgeben, als sie Torsten in die Wohnung kommen hört. Eine zweite männliche Stimme machte ihr klar, dass er nicht allein ist.

Es ist nicht ungewöhnlich, dass er hier ab und an mit einem Kumpel abhängt.

Inständig hofft sie, dass sie nicht sofort auf die Idee kommen, auf dem großen Fernseher im Schlafzimmer irgendeine Serie schauen zu wollen.

Eva beschließt den Befreiungsversuch ihres Schmuckstücks aufzugeben. Gerade als sie sich anschickt, unter dem Bett hervor zu kommen, geht die Schlafzimmertür auf.

Eva bleibt erstarrt unter dem Bett liegen.

„Du hast vorhin mal von einer Freundin erzählt und wenn ich mich in deiner Wohnung umschaue und du nicht zum Hausmann mutiert bist, wovon ich nicht ausgehe, scheinst du mit ihr ja das große Los gezogen zu haben. So sauber ist es ja nicht mal bei mir."

„Na, nun übertreibe mal nicht gleich", lacht Torsten und zeigt auf den Fernseher.

„Lust auf eine Serie?"

Frank schüttelt den Kopf. „Nein, ich bleibe bei dem Absacker und dann muss ich los."

Mit dem Schlafzimmer hat Torsten die kurze Wohnungsbesichtigung abgeschlossen und verkündet nun stolz:

„Siebenundvierzig Quadratmeter, die sich mein eigen nennen."

Frank nickt.

„Ja, für einen allein völlig ausreichend. Aber wohnt Eva, so heißt sie doch, nicht bei dir?"

Torsten geht in die offene Wohnküche und beginnt Metaxa in einem Topf auf dem Gasherd warm zu machen.

„Nein, sie hat ihre eigene Wohnung. Sie ist ab und an ein paar Tage unter der Woche hier. Und wenn sie wieder fährt, muss ich ständig irgendwelche Sachen suchen, die sie wieder irgendwo hingelegt hat."

Frank setzt sich an den Wohnzimmertisch und schaut

gedankenversunken durch die breite Fensterfront auf die erleuchteten Fenster des Nachbarhauses.

Torsten schüttet den warmen Metaxa in zwei Gläser.

Frank holt tief Luft.

„Ich glaube, du jammerst da auf ganz hohem Niveau. Ich würde mich glücklich schätzen, wenn ich so eine Freundin hätte. Aber bei meinem Reisejob ist eine Beziehung nicht ganz so einfach."

„Du kannst dir Eva gern ausleihen. Ich glaube ihr wäre das egal, solange du immer wieder nach Hause kommst."

Torsten stellt die beiden Metaxa Gläser auf den Tisch. Franks strenger Blick, mit dem er bedacht wird, stimmt ihn plötzlich milder.

„Vielleicht hast du recht. Ich genieße Evas Gesellschaft natürlich. Sie ist lieb, ein feiner Kerl, wie man so sagt."

„Feiner Kerl hört sich aber nicht nach Liebe an", wirft Frank ein und beobachtet Torsten dabei, wie er den Metaxa in den Gläsern anzündet, einen Moment brennen läßt und dann das Feuer löscht.

Grinsend schiebt er ein Glas Frank zu und hebt sein eigenes zum Toast in die Luft.

„Auf unser unerwartetes Wiedersehen."

*

Eva liegt geräuschlos unterm Bett. Da Torsten die Schlafzimmertür offen gelassen hat, bekommt sie jedes Wort mit.

Auch wenn Torstens Bemerkungen über sie nicht schmeichelhaft sind, quält sie gerade ein anderes Problem. Sie fragt sich, ob es klug sei, unter dem Bett hervor zu kommen und durchs Wohnzimmer an ihnen vorbei zu marschieren, als wäre es die natürlichste Sache der Welt, denn so langsam muss sie sich zur Arbeit aufmachen, will sie nicht zu spät kommen.

Warum hat sie keinen Laut von sich gegeben, als die Beiden ins Schlafzimmer gekommen sind? Sie hätte die Sache mit dem Ohrring doch erklären können. Doch dafür scheint es nun zu spät zu sein. Dass sie heute pünktlich zur Arbeit kommen wird, kann sie sich auch abschminken. Eva beschließt dort zu bleiben, wo sie ist.

*

„Da du gerade von Liebe gesprochen hast....“, nimmt Torsten den Faden ihres Gesprächs wieder auf.

„Ich weiß, dass Eva in mich verliebt ist. Aber ich nicht in sie und irgendwie will sie mir das nicht glauben. Sie denkt, ich könne es nur nicht zeigen.“

Torsten schaut Frank an, der nur still nickt und darauf wartet, dass er weiter erzählt.

„Ich habe sie gern, so wie man ein Haustier gern hat. Man genießt dessen Aufmerksamkeit befasst sich eine Weile damit und dann ist man auch wieder froh, wenn man in seinem gewohnten Lebenstrott weiter machen kann.“

Torsten holt tief Luft.

„Mir fehlen bei ihr einfach die Schmetterlinge im Bauch."

Torsten nippt an seinem Glas und grinst verschmitzt.

„Du weißt doch, meine Liebeleien haben nie länger als drei Monate gedauert und so ist es immer geblieben."

„Wie lange kennt ihr beiden euch denn?", hakt Frank nach.

„Ein halbes Jahr", antwortet Torsten.

„Dann ist das wohl dein persönlicher Rekord mit Eva", frotzelt Frank.

Torsten steht auf, geht in die Küche und holt sich ein Bier aus dem Kühlschrank.

Frank wundert sich, dass Torsten noch immer Lust auf Bier hat, denn er hat schon in der „Funzel" ordentlich gebechert. Scheinbar kann er einiges vertragen und bleibt dabei noch klar im Kopf.

„Frank, ich denke, ich bin ein Eigenbrötler, mir reicht ab und an etwas Aufmerksamkeit, aber ich habe keine Lust ständig über Beziehungsthemen diskutieren zu müssen."

Frank räuspert sich und trinkt sein Glas halb leer.

Er will ihr Gespräch nicht so abrupt beenden, auch wenn er sich langsam auf den Weg machen muss.

„Hast du mit Eva auch darüber geredet, so wie mit mir?", will Frank wissen und fügt hinzu:

„Dass du sie nicht liebst und sie wie einen Schoßhund hältst, jederzeit für dich auf Abruf?"

Torsten hebt die Hand.

„Übertreibst du jetzt nicht?"

„Ich denke nicht“, gibt Frank zur Antwort.

Torsten trinkt einen großen Schluck Bier, stellt die Flasche vor sich ab und erklärt:

„Keine Ahnung. Ich glaube nicht. Aber mal ehrlich. Ich habe von ihr auch nie verlangt, dass sie das hier alles macht.“.

Frank grinst. „Naja, sie liebt dich.“

Frank schweigt einen Moment und bemerkt, dass Torsten den Blickkontakt zu ihm vermeidet.

Frank lässt nicht locker, plötzlich hatte er das Bedürfnis Torsten aus der Reserve zu locken.

Er weiß, dass ihn das eigentlich alles nichts angeht. Sie haben sich eine Ewigkeit nicht mehr gesehen, doch da Torsten ihn zu sich nach Hause eingeladen hat, hat er ihn sozusagen in sein Leben eingeladen.

Plötzlich will er wissen, wie der Mann tickt, der schon damals geglaubt hat, dass er niemanden in seinem Leben wirklich braucht. Langsam ahnt Frank, dass sich Torsten seit damals nicht wirklich verändert hat. Er ist ein kleiner Junge geblieben, ein kleiner Junge von fast vierzig Jahren.

„Aber ihr habt Sex? Ich meine, du lässt körperliche Nähe zu?“, will Frank wissen.

Torsten winkt ab und greift sich spielerisch in den Schritt. Das Bier lässt bei ihm allmählich die Hemmungen fallen.

„Im Moment ist da tote Hose. Ich bin fast vierzig, da beginnt der Körper schon mal zu stottern.“

Torsten hebt gleichgültig die Schultern.

„Keine Ahnung woran das liegt, aber ich habe auch keinen Bock auf diese Potenzpillen. Bevor du fragst. Ja, Eva weiß das. Ihr ist das egal und in letzter Zeit will sie eh lieber nur kuscheln."

„Sie stellt sich halt auf dich ein. Aber ich glaube nicht, dass sie sich im Stillen nicht nach Sex mit dem Mann sehnt, den sie liebt."

Frank spürt Torstens Unruhe. Ihm scheint das Gespräch nicht zu behagen, spürt den anhaltenden Gegenwind, der aus Franks Richtung kommt.

„Ich lass sie halt neben mir liegen, mich küssen und meine Brusthaare streicheln. Sie ist damit zufrieden und ich schlafe dabei sowieso schnell ein."

Frank hört die Gleichgültigkeit, fragt sich, wo Torsten seine Empathie versteckt hält. Oder hatte er einfach keine? Doch das soll nicht sein Problem sein. Das hier ist Torstens Leben.

Frank trinkt sein Glas aus und steht auf.

„Eine Frage habe ich noch, bevor ich mich auf den Weg mache."

„Nur zu!", ermuntert Torsten ihn, der scheinbar froh ist, dass Frank aufbrechen will. Er will Frank noch bis zur Bushaltestelle bringen und freut sich schon auf den Rückweg und auf das nächste Bier, dass zu Hause auf ihn wartet.

„Du hast vorhin erzählt, dass du Eva aus deinem letzten Spanienurlaub eine Brosche mitgebracht hast. Warum?"

Torsten öffnet Frank die Haustür und tritt nach ihm hinaus in die Nacht.

„Na weil ich die Brosche gesehen habe und an Eva gedacht habe. Sie war einfach für Eva bestimmt.“

„Dann hast du ihr die Brosche geschenkt und dabei nicht gewusst, dass du ihr falsche Hoffnungen gemacht hast?“

„Verstehe ich nicht. War doch nur eine Brosche!“

Zum ersten Mal an diesem Tag laufen sie schweigend nebeneinander her, bis sie die Bushaltestelle erreichen. Jeder in seine eigenen Gedanken vertieft.

Als der Bus kommt verabschieden sie sich kurz und vermeiden die üblichen Floskeln, dass man sich bald wiedersehen und auch mal telefonieren könne. Außerdem hat keiner von beiden den Anderen nach der Handynummer gefragt.

Eva sitzt hinter dem Tresen auf einem Hocker und schaut auf die Monitore, die auf die Zapfsäulen ausgerichtet sind.

Vor einer halben Stunde hat sie wutentbrannt Torstens Wohnung verlassen. Sie ist nicht nur auf ihn wütend, sondern auch auf sich selbst. Torstens Gespräch mit diesem Frank hat ihr die Augen geöffnet.

Sie muss sich von Torsten trennen. Natürlich ist ihr diese Einsicht nicht neu, doch bis heute hatte sie immer eine Erklärung dafür gefunden, es nicht zu tun. Doch nun ist ihr Entschluss zu einer unumstößlichen Notwendigkeit geworden, will sie sich nicht selbst verlieren.

Für den Anfang hat sie sich auf Firmenkosten eine Cola und eine Tüte Chips genehmigt. Beherzt greift sie immer wieder in die Tüte, während sie sich fragt, welche Eissorten noch in der Tiefkühltruhe liegen.

Eva ist sich sicher, dass Torsten von ihrem Entschluss sicher überrascht sein wird, aber genauso gut weiß sie auch, dass er unter Tränen ein paar schöne Momente aus dem vergangenen halben Jahr heraufbeschwören wird, um kurz darauf zu seinem alt bewährten Leben zurückzukehren. Auch wenn ihr klar ist, dass sie alles richtig macht, fühlt es sich an, als hätte sie sich auf einen zugefrorenen See begeben, unsicher, ob sie das andere Ufer sicher erreichen wird. Doch der erste Schritt ist getan.

*

„Einmal die 4 und dieses Feuerzeug", reißt Eva eine junge Männerstimme aus ihren Gedanken.

„Ja, gern", antwortet sie und registriert mit einem dankbaren Lächeln die ungewohnt lange Schlange, die sich zu so früher morgendlicher Stunde hinter dem jungen Mann gebildet hat.

Gern stellt sie sich vor, dass sie sich alle untereinander abgesprochen haben und nur hier tanken, um ihr die erste Nacht, dem Beginn ihres neuen Lebensabschnitts ohne Torsten, zu erleichtern.

Wink des Schicksals

Seit vierzig Jahren verlief Bernd Neumanns Leben wie das Leben vieler anderer Menschen.

Keine dramatischen Tiefs, keine euphorischen Hochs, eher wie die gerade Linie eines Herzmonitors, auch wenn das für die am Gerät angeschlossene Person in der Regel den Tod bedeutet.

Er bewohnte in der Taubenstraße einen Bungalow aus den 70er Jahren, in dem er groß geworden war.

Auch nach dem Tod seiner Eltern hatte er keinen Grund gesehen, dort auszuziehen.

Seit zwanzig Jahren arbeitete er als gelernter Buchhändler in einer familiengeführten Buchhandlung in der Haarenstraße.

Ab und an hatte er Beziehungen, die ein paar Jahre hielten und sich dann unspektakulär auflösten, als hätten sie nie existiert.

Wenn er ehrlich war, kam er ganz gut allein zurecht. Da waren seine Bücher, die die Wände des Bungalows verkleideten.

Mit ihnen tauchte er in ferne Welten ein, nahm am Leben der Figuren als stiller Begleiter teil und genoss die Irrungen und Wirrungen der Herzen unzähliger Protagonisten, inklusive den Luxus, mit dem Zuschlagen des Buches, jederzeit aus der Geschichte verschwinden zu können.

Doch in letzter Zeit wollte ihm der rechte Augenblick zum Ausstieg nicht so richtig gelingen.

Immer wieder ertappte er sich dabei, wie er gedankenverloren mit einem offenen Buch auf dem Sofa am Fenster, seinem Lieblingsplatz, lag und die Geschichten nach seinen eigenen Ideen gestaltete.

Manchmal weigerte er sich sogar, mit den Figuren Orte zu verlassen, an denen er sich beim Lesen wohlgefühlt hatte.

So erging es ihm auch an jenem Freitagabend, dem Abend, der für ihn die Wende in seinem Leben einleiten sollte.

Nach einem schnellen Abendessen, das aus Rührei und Toast bestanden hatte, hatte er wie immer eine Kerze auf einem runden Beistelltisch neben dem Sofa angezündet und es sich mit einer dünnen Wolldecke und einem Buch auf dem Sofa gemütlich gemacht.

Wenige Minuten später war er in die Aussteigergeschichte einer jungen Frau eingetaucht, die nach einer gescheiterten Ehe einen Neuanfang auf Kreta versucht hatte und zehn Jahre später mit einem neuen Mann an ihrer Seite, eine gut besuchte Taverne in Frangokastello leitete.

Plötzlich kam ihm sein Urlaub, den er in zwei Tagen antreten wollte, einfallslos und öde vor.

Bepackt mit einem kleinen Koffer und ein paar Kleidungsstücken fuhr er seit vielen Jahren nach Friedeburg in den Landgasthof Oltmanns. Dort las er stets ein Buch nach dem Anderen und ließ sich von dem Koch des Hotels mit regionalen Gerichten verwöhnen.

Mit einem Mal sehnte er sich nach dem Meer, das die Frau beschrieben hatte und glaubte, dass er mit der Mentalität der Griechen auf Kreta sicher zurecht kommen würde.

Er malte sich aus, wie es sein würde, dort zu leben.

Bernd Neumann heftete sich lesend an die Fersen der Frau, während sie Seite für Seite davon berichtete, wie sie auf der Insel Fuß gefasst hatte, um am Ende ganz dort zu bleiben.

Er schloss die Augen und gab sich seinen Tagträumen hin.

Als es draußen zu dämmern begann, dämmerte auch er langsam weg und fiel in einen unruhigen Schlaf.

*

Ein leichter Luftzug, der anfangs schüchtern durch die angelehnte Trassentür schlich, entwickelte sich zu einem ansehnlichen Luftstrom.

Die Kerze auf dem Beistelltisch, die einzige Lichtquelle im Halbdunkel des Raums, flackerte wild vor sich hin.

Vielleicht wäre sie einfach ausgegangen, hätte Bernd Neumann einen ruhigen Schlaf gehabt, doch er drehte sich ständig von einer Seite auf die andere. Dabei geriet die dünne Decke, die er sich über den Körper gezogen hatte, gefährlich nahe an die Kerzenflamme.

Und schon mit dem nächsten Luftzug konnte die Flamme ihr Glück kaum fassen.

Dankbar nahm sie das unerwartete Angebot an und sprang auf den Rand der Decke über.

Minuten später hatte sie sich bereits durch den Wollstoff gefressen. Als die Decke zu Boden fiel konnte sich das Feuer, das die Decke erfasste, ungehindert einen Weg durchs Zimmer bahnen.

*

Bernd Neumann lief in seinem Traum am Mittelmeer entlang, doch der Himmel über der Insel hatte sich verfinstert. Der Wind, der die Wellen anschwellen ließ und sie an den Strand trieb, nahm an Stärke zu.

Ab und an wirbelte er den Sand auf, doch zu spät schloss er die Augen und seinen Mund, um sich vor den feinen Sandkörnern zu schützen.

Mit einem Hustenanfall erwachte Bernd Neumann aus seinem Traum und rang nach Atem.

Er brauchte einen Augenblick, um zu begreifen, dass es nicht Sand, sondern Rauch war, der ihm den Atem nahm und sich im ganzen Raum auszubreiten begann.

Instinktiv sprang er auf, griff sein Handy, auf dem er unzählige verpasste Anrufe vorfand und fühlte nach seiner Geldbörse, die in seiner Hosentasche steckte.

Er rannte in den Flur, in dem sein fertig gepackter Koffer für den Urlaub stand, nahm ihn, riss eine Regenjacke an sich und verließ den Bungalow durch die Terrassentür.

Er ging auf die gegenüberliegende Straßenseite, auf der sich bereits eine Menschentraube gebildet hatte.

Als die Feuerwehr eintraf, war Erleichterung in den Gesichtern der neugierigen Nachbarn abzulesen.

Niemand von ihnen schien Bernd Neumanns Flucht aus dem brennenden Bungalow bemerkt zu haben.

Irgendwo am Bungalow zersprang ein Fenster. Stück für Stück schlängelten sich die Flammen durch das Gebäude.

Er stellte sich abseits von den Schaulustigen hin und erschrak, als sich plötzlich eine Hand auf seine Schulter legte.

„Mensch Bernd, das war knapp. Ich habe dich x-Mal angerufen, aber du bist nicht ans Handy gegangen.“, hörte er seinen besten Freund Helmut sagen.

Während Bernd Neumann auf die Flammen schaute, erklärte ihm sein Freund, der bei der Versicherung arbeitete, bei der Bernd sämtliche Verträge abgeschlossen hatte, dass er sich um alle Formalitäten kümmern werde.

Bernd Neumann hörte nur mit halben Ohr zu, denn ihm gingen ganz andere Dinge durch den Kopf.

Ein Teil des Flachdachs stürzte ein und deckte wie ein Sargdeckel all die Gegenstände zu, mit denen er sich zeitlebens umgeben hatte.

Vieles davon würde sich zu Asche verwandeln, doch bei all der Dramatik, die das nächtliche Lichtspiel bot, ergriff ihn eine merkwürdige Ruhe.

Was er da mit eigenen Augen sah, war unumkehrbar.

Ihm wurde klar, dass er nie wieder in dieses Haus einziehen konnte.

Mit einem Mal fühlte er sich befreit und erkannte, dass das Feuer gerade sein Leben für ihn entrümpelte.

*

Als die Feuerwehr nach einer Stunde abzog, verzogen sich auch die Nachbarn. Einige von ihnen steckten ihr Handy weg.

Mit einem verkohlten Trümmerhaufen konnte man in den sozialen Netzwerken kaum Follower gewinnen.

Bernd Neumanns Freund bot ihm an, dass er eine Zeitlang bei ihm, seiner Frau und den beiden Kindern unterkommen könne, doch Bernd lehnte dankbar ab und versicherte ihm, dass er zurecht kommen würde.

Als sein Freund gegangen war, nahm Bernd Neumann sei-nen Koffer und begann es sich unter einer alten Eiche unweit
seines abgebrannten Bungalows, so gut es ging, bequem zu machen.

Als er in seine Jackentasche griff, fiel ihm das Buch der jungen Frau auf Kreta in die Hände. Er wusste nicht, wie es in die Jackentasche gelangt war. Er musste es instinktiv eingesteckt haben. Jetzt war er dankbar, dass er es bei sich hatte.

Ohne lange zu überlegen, öffnete er das Buch und schon nach wenigen Sätzen war er wieder auf Kreta und begleitete die Frau, die ihm längst ans Herz gewachsen war.

Das Licht seines Handys schenkte ihm genug Licht zum

Lesen. Die Autos, die am abgebrannten Bungalow vorbeischlichen, nahm er nicht wahr. Während Hundebesitzer ihre Gassirunde um Bernd Neumanns Grundstück erweiterten, war Bernd längst in dem Buch versunken, stellte sich vor, wie die kretische Sonne seine blasse Haut verwöhnte.

*

Als Bernd Neumann am nächsten Morgen mit müden Knochen aufwachte, empfing ihn der Duft von frischem Kaffee, Toast und Rührei mit Speck.

Ein Nachbar hatte es gut mit ihm gemeint und ihm ein Tablett mit Frühstück hingestellt.

Während er das Essen zu sich nahm, schaute er über die Straße und sah kleine Rauchwolken, die aus dem verkohlten Trümmerhaufen empor stiegen.

Er schaute lange auf die Überreste und versuchte diesen Trümmerhaufen als sein einstiges Eigentum zu identifizieren. Doch er fand keine Verbindung mehr dazu. Da war kein Besitz mehr, um den er sich kümmern und instandhalten musste, nichts, um das er sich Sorgen machen musste.

Plötzlich beschloss er die Gunst der Stunde zu nutzen.

Seine Vernunft würde sich noch früh genug melden und auf sein altes, auf Sicherheit bedachtes Leben, bestehen.

Doch bis dahin....

Ohne lange zu überlegen, wusste er was zu tun war.

Bernd aß den letzten Rest Rührei auf, trank den Kaffee aus, steckte sein Buch in die Jackentasche und nahm seinen Koffer in die Hand.

Er dachte darüber nach, den Bus zu nehmen, doch dann überlegte er es sich anders. Er beschloss sich zu Fuß in Richtung Innenstadt aufzumachen, denn den Weg, den er ging, hatte nur eine Richtung, nach vorn und das wollte er sich mit jedem Schritt in Erinnerung rufen.

Sein Weg führte ihn über die Gartenstraße und den Schlossplatz direkt zum Reisebüro, in dem er seine jährliche Reise buchte.

Als er vor dem Mitarbeiter stand, erzählte er von dem Brand seines Bungalows und fragte, ob er die Buchung fürs Hotel Oltmanns in Friedeburg stornieren könne.

Der Mitarbeiter nickte, suchte nicht nach Ausflüchten, sondern begann augenblicklich alle Hebel in Bewegung zu setzen, um das fast Unmögliche, möglich zu machen.

Nach zwanzig Minuten war der Urlaub ohne Kosten storniert.

*

Nach der Fahrt mit dem Regionalexpress von Oldenburg nach Bremen und der Straßenbahn vom Hauptbahnhof zum Bremer Flughafen, stand Bernd Neumann eine Stunde später mit seinem Koffer am Schalter einer Fluggesellschaft.

„Ich hätte gerne ein Flugticket nach Kreta. Einfacher Hinflug!“, erklärte Bernd Neumann der Frau am Schalter.

„Leider gibt es keine Direktflüge von Bremen aus. Nur von Hannover.“

Bernd Neumann hob ungerührt die Schultern und erklärte:

„Ist mir auch recht.“

Die junge Frau staunte über den Gleichmut des Kunden, etwas, dass sie selten erlebte und stellte ihm ein Flugticket
aus.

Bernd Neumann grinste still vor sich hin und fuhr mit der Straßenbahn zum Bremer Hauptbahnhof zurück.

Geduldig wartete er auf den Zug nach Hannover und als er einfuhr, suchte er sich einen ruhigen Platz im Waggon.

Er wollte noch einmal das Kapitel über die Mühle lesen, von der die Frau in ihrem Buch erzählt hatte.

Es ging um eine halb verfallene griechische Mühle in Frangokastello, umgeben von alten knorrigen Olivenbäumen und nur fünf Schritte vom Mittelmeer entfernt.

Eine Oase für die Seele und eine erfullende Aufgabe für einen Idealisten, der Lust hatte, dem alten Gemäuer wieder zu seinem alten Glanz zu verhelfen, da war sich die Frau im Buch ganz sicher.

Vierzehn Nächte lang

Sie hielt Jens Hand fest umschlossen, versuchte ruhig und gleichmäßig zu atmen und sich dabei auf die Worte der Frau zu konzentrieren, die mit feierlicher Mine vor ihnen stand.

Seit zehn Minuten hielt die Standesbeamtin eine launige Rede und sprach über die harmlosen Eigenheiten des zukünftigen Paares.

Es war eine humorvolle Bestandsaufnahme ihrer zweijährigen Beziehung.

Carla hörte unterdrücktes Lachen aus den Gästereihen hinter sich.

Jens lachte mit, auch wenn die meisten witzig gemeinten Bemerkungen auf seine Kosten gingen.

Dann wurde es kurz still und mitten in diesem Moment nahm Carla wahr, dass sich die Tür des Trauzimmers öffnete.

Sie tippte auf einen verspäteten Gast.

Ein leichtes Hüsteln setzte ein, als wollten die Anwesenden damit ihren Unmut über die unerwartete Störung kundtun.

Die Standesbeamtin sah auf, nickte kurz und fuhr mit ihrer Rede fort.

Ein paar Minuten nach dieser kaum nennenswerten Unterbrechung spürte Carla einen leichten Stich in der Brustgegend.

Sie holte tief Luft, versuchte sich auf den Brautstrauß aus weißen Pfingstrosen zu konzentrieren, der neben einer angezündeten Kerze auf dem Tisch vor ihr lag. Doch längst wusste sie, dass ihr Unwohlsein keine gesundheitliche Ursache hatte.

Vielmehr war es dieser Geruch, der sich im Raum auszubreiten begann. Eine Mischung aus Zigarettenrauch und dem Parfüm, „Cool Water".

Konnte es wirklich sein, dass...? Carla wischte diesen absurden Gedanken aus dem Kopf. Woher sollte er von ihrer Hochzeit wissen?

Carla schaute zu Jens, doch dieser schien der Standesbeamtin an den Lippen zu hängen und jeden Augenblick dieses Tages zu genießen.

Hatte etwa Jens die Adresse von ihm herausgefunden, ihm geschrieben und ihn als Überraschungsgast eingeladen?

Carla hatte ihrem zukünftigen Mann in einer lauen Sommernacht von ihrem kurzen Abenteuer mit Kai erzählt.

Zumindest die abgespeckte Version, von jenen vierzehn Tagen im Juni, vor fast zehn Jahren.

Sie erinnerte sich noch, wie er die Augenbrauen gehoben und erklärt hatte:

„Das hört sich ja wie aus einer Szene dieser französischen Filme aus den 60er Jahren an. Diese Filme mit.... Wie hieß der Schauspieler noch...?"

„Alain Delon", hatte sie nachgeholfen.

Carla wurde unruhig, sie musste sich zusammenreißen, um keinen Blick nach hinten zu riskieren. Was würden die Gäste denken?

Doch sie brauchte dieses Risiko nicht einzugehen, die Erinnerungen kamen ihr zur Hilfe und so sah sie plötzlich Kais Gesicht wieder vor sich.

*

Seine dunkelblauen Augen, sein langes schwarzes Haar und das verschmitzte Grinsen, mit dem er sie für sich eingenommen hatte, als sie sich beim Italiener in der Wallstraße zum ersten Mal begegnet waren.

Er hatte sich zu ihr auf den noch einzigen freien Stuhl an den Tisch gesetzt und während jeder für sich auf seine Pizza gewartet hatte, waren sie ins Gespräch gekommen.

Er hatte sie tatsächlich an den jungen Alain Delon erinnert.

Ihr Gespräch war so ungezwungen verlaufen, als würden sie sich schon ewig kennen.

Sie war mit ihm in seine kleine Einzimmer-Wohnung gegangen, als wäre es das Natürlichste der Welt. Keine Spur von Bedenken, ohne Plan, was als nächstes passieren würde.

Nach drei Tagen, in denen sie den Tag zur Nacht und die Nacht zum Tag gemacht hatten, musste sie sich um eine Krankmeldung bemühen, denn ihr Chef hatte sich schon nach dem Grund ihres plötzlichen Fehlens erkundigt.

Aufgeregt war sie bei ihrem Hausarzt vorstellig geworden.

Sie hatte Herzrasen, als sie ihm erklärte, dass sie sich nicht gut fühlte.

Ihr Arzt hatte ihre Symptome falsch verstanden.

„Sie scheinen ja völlig überlastet zu sein. Ihr Körper braucht dringend mal Ruhe“, hatte er attestiert und sie für zwei Wochen krank geschrieben.

Wie ein aufgeregter Backfisch war sie aus der Praxis gelaufen und konnte nicht schnell genug zu Kai zurück kommen.

Sie sehnte sich nach seinem Körper, den Berührungen und dem Gefühl nach Freiheit, wenn sie mit einer selbstgedrehten Kippe in der einen Hand und einer Flasche Bier in der anderen Hand, neben ihm im Bett lag.

Die verqualmte Bude war ihr egal, den Geruch nach kaltem Fett, den die Pizzakartons neben ihnen am Bett verströmten, ignorierte sie. Es gab nur sie beide, die Welt da draußen konnte sie mal gern haben.

*

Carla musste grinsen, als sie daran dachte und dieses Mal war es die Standesbeamtin, die ihre Körpersprache falsch verstanden hatte und glaubte, dass Carla sich nun freute, dass sie endlich am bedeutsamen Teil der Trauung ankamen.

Und so hörte sie die feierlichen Worte:

„Wollen Sie, Herr Klein mit Ihrer hier anwesenden Verlobten, Frau Wolters, die Ehe eingehen? Dann antworten Sie bitte mit JA."

„JA, ich will".

Carla schenkte ihm ein glückliches Lächeln, wusste, dass auch sie bei der gleichen Frage mit „JA" antworten würde, doch erneut schweiften ihre Gedanken ab.

*

Sie war damals mit Mitte zwanzig und zum ersten Mal auf einen Mann gestoßen, der sie ernst nahm, mit dem sie ganze Abende mit Gesprächen verbracht hatte. Einem Mann, der seine Gefühle nicht versteckte und sie zu nichts überredet hatte, was sie nicht wollte. Mit ihm hatte sie im Augenblick gelebt, ohne an die Zukunft zu denken. Sie hatte sich geborgen und aufgehoben gefühlt.

Nach vierzehn Nächten war ihr Abenteuer so unvermittelt zu Ende gegangen, wie es begonnen hatte.

Vierzehn Nächte, wie im Rausch, in denen sie sich geliebt, alles gesagt und nichts versprochen hatten.

*

Jens Räuspern riss Carla unvermittelt aus ihrem Tagtraum.

Er schaute sie fragend an. Ihr fiel nichts besseres ein, als so zu tun, als wäre für den entscheidenden Moment noch nicht alles ganz perfekt. Sie löste sich aus Jens Handgriff, strich mit der Hand über den Träger ihres spitzenbesetzten Hochzeitskleides, überprüfte ihre Hochsteckfrisur, drückte ihren Rücken durch und ergriff erneut Jens Hand.

Die Standesbeamtin schob Carlas Verhalten auf ihre verständliche Nervosität, die ihr schon bei vielen Bräuten begegnet war.

In ruhigem Ton wandte sie sich erneut an Carla.

„Noch einmal meine Frage an Sie.

Frau Wolters, wollen Sie mit Ihrem hier anwesenden Verlobten Herrn Klein, die Ehe eingehen? Dann antworten Sie ebenfalls bitte mit JA."

Für den Bruchteil einer Sekunde, während sie den wohlvertrauten Worten der Beamtin lauschte, war sie versucht, sich entgegen ihrer Vernunft umzudrehen und in Kais Augen zu schauen, ob sie in ihnen etwas erkennen konnte, das sie veranlassen könnte, die an sie gerichtete Frage mit NEIN zu beantworten. Sie musste sich jetzt entscheiden, ob sie mit Jens, der an ihrer Seite saß, der ihr eine sichere Zukunft bieten wollte, der sie verbindlich liebte, nicht rauchte, Alkohol mied und nicht im geringsten Ähnlichkeit mit Alain Delon hatte, alt werden wollte.

Sie musste umgehend handeln und so fasste sie ihren Entschluss.

*

Als Carla und Jens sich endlich das JA- Wort gegeben und sich geküsst hatten, nahmen sie die Gratulationen der Gäste entgegen.

Die ersten Gäste verließen den Raum, um zu ihren Fahrzeugen zu gehen, die sie auf dem Pferdemarkt geparkt hatten.

Auch für Carla und Kai war es höchste Zeit, denn in einer Stunde sollte der Empfang in Hude, im „Nordenholzer Hof", stattfinden.

Als Carla den Raum verlassen wollte, stieg ihr erneut der wohlvertraute Duft in die Nase.

Doch nicht Kai stand an der Tür und verströmte diesen wohlvertrauten Duft, sondern ein älterer, grauhaariger Mann in Jeanshose und blauem Kittel. Sie entdeckte ein Namensschild in dessen Brusthöhe.

„S. Hugenschmidt- Hausmeister".

Ungeduldig drehte er den großen Schlüsselbuntring in seiner Hand. Er schien darauf zu warten, endlich den Trauraum abschließen und Feierabend machen zu können.

Zwei Schatten hinterm Fenster

Kaum hatte Kerstins Mann den letzten Bissen in den Mund geschoben, begann sie das Geschirr vom Abendbrottisch in die Spülmaschine zu räumen. Dann öffnete sie den Kühlschrank und drehte sich zu Martin um.

„Ich habe deinen Schokoladenpudding, den du so gern magst, heute im Angebot bekommen. Hast du Lust drauf?"

„Ein anderes Mal gern", hörte sie ihn mit bedauerndem Unterton sagen.

„Aber ich muss gleich noch einmal in die Praxis. Ich Döskopp habe wichtige Unterlagen für morgen in der Praxis vergessen."

Mist, dachte sie still. Sie hatte sich auf einen gemütlichen Abend gefreut. Ein Glas Wein und ein spannender Fernsehkrimi, wären genau das Richtige gewesen, um ihre Zweisamkeit zu genießen. Denn es kam viel zu selten vor, dass er nach dem Abendbrot nicht gleich in sein Arbeitszimmer verschwand, um im unausweichlichen bürokratischen Schreibkram, den sein Job als Allgemeinmediziner mit sich brachte, zu versinken.

Sie schluckte ihre Enttäuschung herunter und schloss den Kühlschrank.

Plötzlich stand Martin hinter ihr, nahm sie in den Arm und flüsterte ihr ins Ohr: „Sei nicht traurig. Du weißt, dass ich dir mit meinem Job deinen Traum von einem Häuschen im Grünen erfüllen werde?"

Nun musste Kerstin grinsen, kniff ihn zärtlich in die Seite und holte mit gespieltem Schmollmund tief Luft.

„Ja, ich weiß."

„Na also. Es wird auch nicht lange dauern", versprach Martin ihr.

Für einen kurzen Moment war sie verwirrt, als Martin nicht den Haustürschlüssel aus dem Schlüsselkästchen im Flur nahm und die Wohnung schnurstracks verließ.

Stattdessen ging er nach oben und wenig später hörte sie das Rauschen des Wassers in der Dusche.

Kerstin stand am Fuße der Treppe und schaute grübelnd nach oben.

Nur um ein paar Unterlagen aus der Praxis zu holen, musste er sich doch nicht frisch machen?

Und ohne es zu wollen, stiegen die Bilder der letzten Tage vor ihrem geistigen Auge auf, die sie erst leichthin abgetan und bis zu diesem Zeitpunkt erfolgreich verdrängt hatte.

In den letzten Tagen hatte sie ihn dabei beobachtet, wie er hinter ihrem Rücken Nachrichten auf dem Handy verschickte. Immer dann, wenn er sich unbeobachtete gefühlt hatte. Erst gestern, als sie am Arbeitszimmer vorbeigegangen war und einen Blick ins Zimmer riskiert hatte, sah sie ihn verzweifelt die Unterlagen durchwühlen.

Was war nur mit Martin los? Was verbarg er vor ihr?

Eigentlich mochte sie sich darüber keine Gedanken machen, doch diese verdammte Ungewissheit hatte längst an ihr zu nagen begonnen.

Frisch geduscht kam Martin wenig später die Treppe herunter, drückte ihr einen Kuss auf die Stirn und versprach sich zu beeilen.

Als er die Haustür hinter sich schloss, schaute sie ihm stumm hinterher.

Sie wollte schon in die Küche zurückgehen, doch irgendwas hielt sie davon ab.

Noch immer heftete sich ihr Blick auf die geschlossene Haustür.

Plötzlich griff sie ihren Mantel, zog ihre Wollmütze über den Kopf, nahm ihren Haustürschlüssel und verließ ebenfalls die Wohnung.

*

Als sie auf die Lehmkuhlenstraße, die direkt zur Nadorster Straße führte, trat, sah sie in der einbrechenden Dunkelheit ihren Mann nur wenige Meter vor sich gehen.

Der kühle Februarwind ließ sie den Mantelkragen hochklappen.

Fröstelnd rieb sie sich die Hände und fragte sich, was sie sich von ihrer Verfolgung versprach.

Was, wenn Martin sich plötzlich umdrehen und sie entdecken würde? Schon jetzt kam sie sich reichlich lächerlich vor. War es nicht besser zurück nach Hause zu gehen?

Trotzt ihrer Bedenken setzte sie einen Fuß vor den Anderen.

Als ihr Mann die Nadorster Straße erreichte, blieb sie wie vom Blitz getroffen stehen. Was hatte das zu bedeuten?

Martin bog nach links ab, obwohl er auf dem Weg zur Praxis, die sich im Gesundheitszentrum neben der Nord - Apotheke befand, hätte nach rechts abbiegen müssen.

Kaum war Martin um die Ecke gebogen, beschleunigte sie ihren Schritt.

Kerstins Gedanken fuhren Achterbahn. Krampfhaft versuchte sie eine logische Erklärung für Martins abendlichen Ausflug zu finden.

Plötzlich überquerte er die Straße. Kerstin blieb vor einem kleinen Kiosk stehen, denn sie war ihm gefährlich nahe gekommen.

Zu ihrer Verwunderung schien er vor dem Hauseingang neben dem „Star-Markt", in dem sie wegen der orientalischen Spezialitäten oft und gern einkaufte, sein Ziel erreicht zu haben.

Sie sah, wie er auf eine Klingel drückte und kurz darauf im Haus verschwand.

Kerstin machte große Augen. Was hatte das zu bedeuten? Machte er doch noch einen privaten Krankenbesuch und hatte nur vergessen, es ihr zu sagen?

Sie spürte ihr Herz in der Brust hämmern und lehnte sich an die Hausmauer neben dem Kiosk. Immer wieder huschte ihr Blick hinauf zu den Fenstern des dreigeschossigen Altbaus.

Auf einmal erkannte sie Martins Silhouette in der zweiten Etage hinter einem hell erleuchteten Fenster. Ein zweiter

Schatten, der Schatten einer Frau, da war sie sich sicher, zeichnete sich ab.

Beide standen sich gegenüber und begannen plötzlich in einer engen Umarmung zu einem Schatten zu verschmelzen.

Traurig wendete sie sich ab, wischte sich die Tränen, die ihr übers Gesicht liefen, mit dem Handrücken weg und machte sich auf den Heimweg. Sie hatte genug gesehen.

*

Kerstin saß im Café der Bäckerei Brockhus und betrachtete in der Auslage die verführerisch aussehenden Kuchen und Torten.

Doch seit gestern Abend schien ihr Magen gegen jegliche Nahrungsaufnahme zu rebellieren.

Stattdessen saß sie vor ihrem dritten Milchkaffee und schaute aufs Handy.

Sie hatte sich für zehn Uhr mit ihrer besten Freundin Susi verabredet. Während Kerstin auf ihre Freundin wartete, ließ sie den gestrigen Abend noch einmal vor ihrem geistigen Auge Revue passieren.

Als sie gestern, nach ihrer Entdeckung, allein nach Hause gegangen war, hatte sie noch grübelnd am Küchentisch gesessen und versucht, ihre Gedanken in Rotwein zu ertränken.

Dann war ihr nichts besseres eingefallen, als ihre beste Freundin anzurufen, doch bei ihr war nur die Mailbox angegangen, auf der sie um ein Treffen bat.

Danach war sie ins Bett gegangen und hatte von Martins Rückkehr nichts mehr mitbekommen, weil der Alkohol sie in einen unruhigen Schlaf befördert hatte.

Jetzt, im Licht des Tages, hier in der Bäckerei, war sie sich nicht mehr sicher, ob sie Susi wirklich ins Vertrauen ziehen sollte.

Sie würde etwas aussprechen müssen, dass sie selbst nicht wahr haben wollte. War es nicht besser abzuwarten? Sollte sie Martin nicht besser zur Rede stellen?

Ihre Gedanken wurden jäh unterbrochen, als Susi unbedarft, frisch wie der junge Morgen, in die Bäckerei rauschte.

Sie ließ sich auf einen Stuhl am Tisch fallen, strich sich ihr langes rotblondes Haar aus der Stirn und hob zur Verteidigung die Hände in die Luft.

„Ich weiß, ich weiß, aber sag jetzt nichts!“, begann sie mit gespielter Kurzatmigkeit.

„Du glaubst nicht, was heute morgen los war...“

Kerstin hasste es, wenn Susi nicht umgehend auf den Punkt kam, sondern Kunstpausen machte, um die volle Aufmerksamkeit ihres Gegenübers zu bekommen.

Diesmal wartete sie nicht ab, bis Susi in ihrer Erzählung endlich fortfuhr. Stattdessen stand sie auf, um am Tresen einen Becher Kaffee für ihre Freundin zu bestellen.

Als sie wieder saß, hoffte sie, dass die Pause lang genug gewesen war. Ihre Hoffnung wurde nicht enttäuscht.

„Du weißt doch, dass ich unter anderem in der Leitstelle der Polizeidirektion am Friedhofsweg putze?“

Kerstin nickte nur, um Susis Redefluss nicht zu unterbrechen.

„Stell dir vor, heute morgen war ich zum ersten Mal live dabei, wie eine Meldung von einer toten Frau reinkam."

„Das passiert sicher fast täglich", gab Kerstin zu bedenken.

„Kann sein, aber in diesem Fall gehen die Beamten von einem gewaltsamen Tod aus", verkündete Susi fast feierlich. „Und das Interessante daran ist..."

Diesmal wurde Susi von der Bedienung unterbrochen, die den bestellten Kaffee brachte.

Susi bedankte sich freundlich und schob ihn achtlos zur Seite.

„Man hat die Frau ganz in eurer Nähe gefunden."

„Ich habe nichts mitbekommen", erklärte Kerstin und wollte ihr schon vom gestrigen Alkoholkonsum erzählen. Doch Susi ließ sie noch nicht zu Wort kommen.

„Du kennst doch den Obst und Gemüse Laden an der Nadorster Straße. Gleich daneben in dem Haus hat man die Frau gefunden. Entsetzlich oder?"

Kerstin wurde plötzlich heiß und kalt. Noch hatte ihr Gehirn die Information nicht ganz verarbeitet. Noch bestand die Möglichkeit, dass die tote Frau mit Martins gestrigem Ausflug nichts zu tun hatte.

Kerstin versuchte sich von ihrer Verwirrung nichts anmerken zu lassen, als sie fragte:

„Weiß man schon Näheres zu den Umständen des Todes?"

Susi schüttelte den Kopf.

„Nein, dafür ist es wohl noch zu früh. Außerdem habe ich mich dann lieber aus dem Staub gemacht, war ja mit meiner Arbeit im Büro fertig. Außerdem war dieser süße Beamte, du weißt schon, von dem ich dir mal erzählt habe, nicht da. Hatte wohl seinen freien Tag. Also gab es für mich auch keinen Grund, mich länger als nötig dort aufzuhalten."

Kerstin setzte ein verschwörerisches Lächeln auf.

„Ich verstehe."

Plötzlich beugte sich Susi zu ihr über den Tisch und legte ihre Hand auf Kerstins Handrücken.

„So, aber nun erzähl mal. Was gab es denn so Dringendes, dass du mir gestern Abend erzählen wolltest? Kann es sein, dass du schon etwas über den Durst getrunken hattest?"

Susi schaute sie abwartend an. Ihr Blick schien sich in ihre Seele bohren zu wollen. Kerstin wusste, jetzt war ihr Pokerface gefragt, wollte sie nicht bei einer Lüge ertappt werden.

„Nichts Besonderes, ich dachte nur, dass es endlich mal wieder Zeit sei, uns zu treffen."

*

In Kerstins Küche sah es aus, als hätte eine Bombe eingeschlagen.

Töpfe und Pfannen standen wild verstreut auf dem Boden. Auf dem Tisch türmten sich Gewürzdosen und Backzutaten und auf der Arbeitsfläche hatte sie sämtliches Geschirr aus den Schränken zusammen getragen.

Nach dem Treffen mit ihrer Freundin, bei dem Susi von ihren Erlebnissen bei ihren verschiedenen Putzstellen so manch witzige Anekdote zum Besten gegen hatte, war Kerstin nach Hause gekommen und versuchte sich nun durch putzen abzulenken.

Martin war im Arbeitszimmer verschwunden und Kerstin war es nur recht, denn sie verspürte im Moment nicht das Bedürfnis nach seiner Nähe, geschweige denn nach einem Gespräch.

Die Nachricht von der toten Frau lag ihr schwer im Magen, obwohl es keinerlei Beweise gab, dass es sich tatsächlich um die Frau handelte, die Martin gestern Abend besucht hatte.

Doch wenn sie es nun war, würde das nicht bedeuten, dass Martin....

Sie wollte diesen Gedanken nicht zu Ende führen.

Stattdessen begann sie die Schubkästen mit neuem Schrankpapier auszulegen. Sie kontrollierte das Besteck auf Flugrost und sortierte es in die Besteckfächer ein.

Das Klingeln an der Wohnungstür ließ sie zusammenschrecken.

Wer mochte sie am Samstag Mittag besuchen?

Sie wollte sich schon auf den Weg zu Tür begeben, als sie Martin rufen hörte:

„Lass nur Schatz, ich gehe schon!“

Kerstin blieb in der Küche, schaute jedoch auf die Wohnungstür und wunderte sich keineswegs, als sie zwei Männer in Polizeiuniform entdeckte, die bei der Begrüßung ihre Mützen abnahmen und sich für die unangemeldete Störung entschuldigten.

Als sie sah, dass Martin sie hereinbat und er mit ihnen im Arbeitszimmer verschwand, schloss sie mit zitternden Händen die Küchentür, als könne sie damit ausblenden, was gleich geschehen würde.

Kraftlos setzte sie sich an den Tisch und schaute aus dem Fenster.

Ein leichter Schneefall hatte eingesetzt. Auch wenn die Natur so friedlich wirkte, in ihr tobte ein Schneesturm.

Zu spät, dachte sie still.

Keine noch so weiße, dicke Schneedecke könnte sich auf ihr Leben legen, um all das zu begraben, was nun ans Tageslicht kommen würde.

Sie wunderte sich, dass sie keine lauten Stimmen aus dem Arbeitszimmer vernahm.

Doch die Vorstellung, dass sich Martin mit aller Kraft gegen eine Festnahme wehrte, nährte sich nur aus den unzähligen Krimis, die sie im Fernsehen gesehen hatte. Die Realität war wohl weniger spektakulär.

Kerstin wusste nicht wie viel Zeit vergangen war, als sie die Wohnungstür ins Schloss fallen hörte.

Nun wähnte sie sich allein in der Wohnung. Allerdings wunderte sie sich, dass die Beamten Martin nicht erlaubt hatten, ihr Bescheid zu geben und sich von ihr zu verabschieden. Vielleicht wollte Martin ihr auch den erniedrigenden Anblick der Handschellen ersparen.

Plötzlich hielt sie nichts mehr in der Küche. Im Stillen hoffte sie, Martin habe ihr im Arbeitszimmer vielleicht eine Nachricht hinterlassen, die ihr alles erklären würde.

Das er eine Affäre mit einer anderen Frau hatte, war schlimm genug, aber das er zum Mörder geworden war! Nein, dass wollte ihr beim besten Willen nicht in den Kopf.

Doch der Besuch der Beamten schien eine deutliche Sprache zu sprechen.

*

Als Kerstin das Arbeitszimmer betrat, konnte sie nur unter großer Mühe einen Aufschrei unterdrücken.

Sie sah Martin auf der Leiter stehen. In aller Seelenruhe schraubte er an der Deckenlampe herum.

Das Bild, das sich ihr bot, war so unwirklich, dass sie ihn anstarrte, als würde sie ein Gespenst vor sich haben.

„Was ist mit dir?", fragte er.

„Die Polizei war da?"

Martin nickte und konzentrierte sich darauf, dass sich die frei hängenden Kabel der Lampe nicht berührten.

„Ja, wollte ich dir gleich erzählen, wenn ich hiermit fertig bin."

Auch wenn er sich gelassen gab, schien ihn der Besuch der Polizei nicht kalt gelassen zu haben.

„Leider muss ich dir damit auch etwas gestehen, was eigentlich noch geheim bleiben sollte."

Seine Worte verwirrten sie. Ich schien langsam der Kragen zu platzen. Wollte er sie für dumm verkaufen?

„Es ging doch um die tote Frau in der Nadorster – Straße?", fragte sie, obwohl sie die Antwort längst wusste.

Martin machte große Augen.

„Ja, stimmt. Eine entsetzliche Sache. Aber woher weißt du davon?"

Kerstin holte tief Luft.

Nun war der Augenblick gekommen, an dem es kein zurück mehr gab.

„Weil ich euch gesehen habe. Ich bin dir gestern Abend gefolgt."

Kerstin versuchte ihre zitternde Stimme in den Griff zu bekommen, bevor sie fortfuhr.

„Du hast dich in letzter Zeit so merkwürdig benommen. Ich dachte mir erst nichts dabei, aber jetzt wird mir alles klar. Du hast eine Geliebte. Und ich dachte, dieser Mist würde nur anderen Paaren passieren."

Martin schaute sie entgeistert an, während er die ovale Glaslampe unter dem Arm hielt.

„Was? Was behauptest du da?"

„Es ist nicht so, wie es den Anschein hat", sagte er, weil ihm nichts anderes einfiel und schämte sich dafür, dass dieser abgeschmackte Satz tatsächlich über seine Lippen gekommen war. Dabei hatte er nur ein Geheimnis für sich behalten wollen. Nun musste er feststellen, dass dieses Vorhaben gründlich in die Hose gegangen war.

„Ich nehme also an, dass es sich bei der toten Frau um dieselbe Frau handelt, die du gestern besucht hast?“, fragte Kerstin obwohl es eher eine Feststellung, als eine Frage.

„Ja, darum war die Polizei ja auch hier.“, erklärte Martin.

„Warum haben sie dich nicht gleich mitgenommen? Der Tatort muss doch von deinen Fingerabdrücken nur so übersät gewesen sein.“

Martin schüttelte den Kopf.

„Ich verstehe kein Wort. Was willst du denn damit sagen?“

„Das du sie umgebracht hast, verdammt!“, schrie Kerstin.

Martin zuckte zusammen. Er sah ihr wutverzerrtes Gesicht und die Tränen in ihren Augen.

Er hatte auf einmal nur einen Wunsch, sie zu trösten. Doch er wusste nicht so recht, wie er ihr klar machen sollte, dass sie sich täuschte.

Martin fühlte sich überfordert, dennoch wollte er sie nicht so hilflos am Fuße der Leiter stehen lassen.

Er wollte so schnell wie möglich zu ihr, sie in die Arme nehmen, ihr alles in Ruhe erklären. Als er in seinem aufgewühlten Zustand von der Leiter stieg, rutschte er mit seinem rechten Fuß von einer der Sprossen ab und verlor im Bruchteil einer Sekunde den Halt.

Kerstin sah, wie Martin sich an der kippenden Leiter festzuhalten versuchte, als ihm der Glasdeckel unter dem Arm weg rutschte, zu Boden fiel und zerbrach.

Wenige Sekunden später stürzte Martins Körper zu Boden.

Die spitzen Scherben bohrten sich in seinen Hinterkopf.

Kerstin wußte nicht mehr, wie lange sie auf einem der unbequemen Stühle im Flur der Notaufnahme des Pius - Hospitals gesessen hatte, als ihr der behandelnde Arzt erklärte, dass ihr Mann an seinen Kopfverletzungen durch eine eingetretene Gehirnblutung gestorben sei.

Seit dieser Nachricht fühlte sie sich dumpf, hörte jedes Geräusch so, als hätte man ihr Watte in die Ohren gesteckt.

Unendlich langsam drang die tröstende Stimme der Krankenschwester zu ihr durch, die den Arztes abgelöst hatte.

Doch Kerstin war bereits in ihren eigenen Gedanken gefangen.

Sie fragte sich, ob sie nicht froh sein sollte, dass Martin durch den Unfall einer jahrelangen Haftstrafe entkommen war.

Wie würde es sein, als Ehefrau eines Mörders weiterleben zu müssen?

Plötzlich spürte sie eine Hand auf ihrem Arm und eine ihr wohlvertraute Stimme drang langsam zu ihr durch.

„Ach Kerstin, dass tut mir ja so schrecklich leid. Ich bin so schnell gekommen, wie ich konnte."

Sie schaute ihre Freundin mit getrübten Blick an und noch ehe sie fragen konnte, erklärte Susi ihr:

„Von einem Rettungssanitäter habe ich davon erfahren. Du weißt doch, ich putze samstags immer in der Bibliothek des Pius- Hospitals."

„Ja, ich weiß“, entgegnete Kerstin müde.

Noch immer in ihren Gedanken gefangen, nahm Kerstin Susis Hand und schaute sie fragend an.

„Meinst du nicht auch, dass dieser Unfall ein Segen in Martins Lage gewesen war?“

Als Kerstin bemerkte, wie Susi krampfhaft versuchte aus ihren Worten schlau zu werden, sprudelten die Worte ungebremst aus ihr heraus.

Sie erzählte Susi von ihrer gestrigen Entdeckung, von ihrem Verdacht, bis hin zu dem Augenblick, als Martin fast leblos vor ihren Füßen gelegen hatte und sie den Sturz von der Leiter nicht hatte verhindern können.

„Du glaubst also ernsthaft, dass Martin seine eigene Maklerin umgebracht hat?“

Kerstin horchte auf.

„Maklerin? Woher weißt du... Ach, lass mich raten. Du hast eine Putzstelle in ihrem Büro gehabt.“

Susi grinste still vor sich hin, auch wenn ihr bewusst war, dass dies nicht der richtige Augenblick war.

„Nein. Martin hat mir erzählt, dass er eine Maklerin an der Hand hat, die ein kleines Häuschen im Grünen am Rand von Oldenburg gefunden hat. Genau so eins, wie du es immer haben wolltest.

Ich musste ihm versprechen nichts zu verraten. Allerdings wusste ich bis heute nicht, dass es sich bei der toten Frau und der Maklerin um ein und die selbe Person handelt.“

Kerstin sackte in sich zusammen. Nun begriff sie, warum Martin sich in letzter Zeit so merkwürdig benommen hatte. Fast wäre ihr ein trauriges Lächeln übers Gesicht gehuscht, wenn da nicht der unaufgeklärte Mord an der Frau gewesen wäre.

„Martin hat niemanden umgebracht und diese Frau erst recht nicht", hörte Kerstin Susi sagen.

Susi stand auf, hockte sich nun vor Kerstin hin und nahm ihre Hände.

„Hör mir mal gut zu und frag nicht, woher ich das weiß.

Die Polizei war bei euch, weil sie Martins Namen im Terminkalender der Maklerin gefunden hat.

Außerdem wurde der Lebensgefährte der Maklerin vor zwei Stunden verhaftet. Er gab an, kurz vorm Betreten des Hauses im hell erleuchteten Zimmer ihrer Wohnung zwei Schatten gesehen zu haben. Den seiner Lebensgefährtin und den einer fremden Gestalt.

Der Anblick hat ihn rasend vor Eifersucht gemacht.

Er beschloss sich in der nächsten Kneipe Mut für die bevorstehende Auseinandersetzung anzutrinken.

Als er eine Stunde später in die gemeinsame Wohnung stürmte, war der Mann weg. Allerdings sah er zwei benutzte Gläser auf dem Tisch stehen und war fest davon überzeugt, dass es sich bei dem fremden Mann um den Geliebten seiner Lebensgefährtin gehandelt hatte. Er gestand, dass es aus Eifersucht zum Streit mit seiner Lebensgefährtin gekommen sei und er sie im Affekt getötet habe."

Kerstin brauchte eine Weile, um Susis ausführliche Informationen, die sie ganz sicher aus erster Hand erfahren hatte, zu verarbeiten.

Als sie die ganze Tragweite des Gehörten zu begreifen begann, schüttelte sie fassungslos den Kopf und hörte sich traurig sagen:

„Und das alles wegen zwei Schatten hinter einem Fenster."

Liebes Tagebuch

Caren

Sonntag der 2. Juni

Liebes Tagebuch,

heute, an meinem Geburtstag, habe ich eine bedeutsame Ankündigung zu machen.

Es ist kurz vor Mitternacht. Meine Eltern sind längst ins Bett gegangen. Ich dagegen sitze noch in der Küche am Tisch, neben mir die Reste meiner überdimensionalen Geburtstagstorte. Sie war riesig, denn meine Mutter wollte unbedingt nicht nur alle siebzehn Kerzen auf die Torte bekommen, sondern auch siebzehn Rouladenspieße, an denen sie aus jedem meiner Lebensjahre ein Bild an den Spießen befestigt hatte.

Meine Mutter halt, wenn sie sich etwas in den Kopf setzt, dann zieht sie es gnadenlos durch.

Das habe ich wohl von ihr geerbt.

Heute habe ich meinen drei besten Freundinnen meine neue Strategie verkündet, wie ich meinen ersten Freund kennenlernen werde.

Mein Plan ist ungewöhnlich, aber wenn ich mir etwas in den Kopf gesetzt habe...

Meine Freundinnen sahen mich entgeistert an und Sybille hat sich sogar am Kaffee verschluckt, als ich verkündete, dass ich mich ab heute von Tik Tok, Instagram und auch von Facebook abmelden werde.

Cornelia meinte ich sei verrückt, denn angeblich seien das die Foren, in denen es nur vor süßen Jungs wimmelt.

Ich widersprach ihr nicht, erklärte aber, dass jeder Mensch seinen eigenen Weg finden müsse.

Hanna gab mir recht, nicht weil sie sich auf eigene Erfahrungen beziehen konnte, aber diejenige von uns ist, in deren Bücherregal es nur vor Lebensstrategie- Ratgebern wimmelt.

Sybille fragte, was ich denn vorhabe und ich erklärte ihr, dass mir mein erster echter Freund in der Oldenburger Innenstadt über den Weg laufen wird.

„Viel Spaß bei der Suche“, lachte mich Cornelia aus.

Doch ich lehnte mich selbstbewusst noch ein Stück weiter aus dem Fenster und behauptete, dass ich ihn nicht suchen werde, denn er wird mich bei meinen Spaziergängen durch die Stadt entdecken und wenn er ernstes Interesse an mir hat, wird er mich ansprechen.

Cornelia und Sybille hatten mich angesehen, als wäre ich aus einer geschlossenen Anstalt ausgebrochen. Doch sie hatten so viel freundschaftliche Empathie, dass sie meine Worte einfach so im Raum stehen ließen. Allerdings entgingen mir ihre mitfühlenden Blicke nicht.

Hanna versuchte einen Themenwechsel und erklärte in die Runde, dass es Zeit sei, in den Schlossgarten zu gehen und versuchte uns für eine Bootsfahrt zu begeistern.

Liebes Tagebuch, es war ein wunderschöner Geburtstag

mit meinen Freundinnen und nun gilt es meinen Plan in die Tat umzusetzen.

Ab sofort werde ich meine sonntägliche Runde durch die Innenstadt beginnen.

Ich halte dich auf dem Laufenden.

Sonntag den 9. Juni

Habe heute meine erste Runde durch die Stadt absolviert.

Bin vor der Haustür in der Gartenstraße gestartet, dann am Schloss und der Lambertikirche vorbei, in die Lange Straße abgebogen und dann links in die Haarenstraße bis zum Café Woyton.

Von dort durch die Mottenstraße. Auf dem Waffenplatz war heute nicht viel los. In der Wallstraße saßen am Café Extrablatt ein paar Leute draußen.

Ich bin ziemlich schnell zum Lappan gegangen, habe dort auf den Bus gewartet und bin mit ihm erfolglos zurück nach Hause gefahren.

Aber wer sagt, dass es beim ersten Versuch gleich klappen muss.

Gut Ding will Weile haben, würde meine Mutter sagen, die allerdings von meinem Projekt keinen blassen Schimmer hat.

Ich bin überzeugt, dass es irgendwo in dieser Innenstadt den richtigen Partner für mich gibt. Vielleicht lief er heute in der Parallelgasse, oder nur zwanzig Meter hinter mir.

Ich weiß, ich muss Geduld haben.

Sonntag den 16. Juni

Heute meine gewohnte Runde durch die Straßen gedreht, habe mich mit einem Eis auf die Mauer an der Lambertikirche gesetzt.

Im „MA“ und „Café Barcelona“ war es draußen rappelvoll.

Einmal bin ich heute tatsächlich angesprochen worden.

Aber das war Hassan aus dem „Kismet“ am Lappan, als ich bei ihm einen Döner gekauft habe. Nicht das erste mal, dass er sagt, wie bezaubernd er mein langes rotes Haar findet.

Natürlich würde ich ihm nie verraten, dass ich regelmäßig mit rotem Henna Pulver nachhelfe. Außerdem hat er eine Frau, fünf Kinder und ist viel zu alt für mich.

Für den Anfang aber besser als nichts.

Sonntag den 23. Juni

Heute am Waffenplatz haben mir zwei Typen hinterher gerufen und gepfiffen, waren sturzbesoffen. Zählt nicht.

Hannes

Samstag den 29. Juni

Liebes Tagebuch!

Es ist weit nach Mitternacht, noch immer halte ich mein Handy in den Händen und schaue auf das Foto, das ich vor zwei Wochen, als ich vor dem „MA“ am Marktplatz bei einem Milchkaffee sitzend, heimlich geschossen habe.

Die Aufnahme ist unscharf, denn ich war viel zu aufgeregt, kam mir vor wie ein Spanner. Doch auf der anderen Seite bin ich echt froh, das Mädchen mit dem Eis fotografiert zu haben.

Vor drei Wochen ist mir das Mädchen zum ersten Mal aufgefallen. Ihr langes rotes Haar und das geblümte Sommerkleid waren kaum zu übersehen. Seitdem hat sie sich irgendwie in mein Gehirn gebrannt, ich kann nichts dagegen machen.

Als sie damals über den Marktplatz gegangen und in die Lange Straße abgeborgen war, war ich kurz versucht aufzustehen und ihr zu folgen. Doch meine Beine waren vor Aufregung bleischwer.

Ich konnte mich nicht von der Stelle bewegen.

Am darauffolgenden Sonntag, tauchte sie fast zur gleichen Zeit wieder auf. Doch da nahm ich all meinen Mut zusammen, ließ mich von meiner Neugier anstacheln und folgte ihr. Während ich einige Meter hinter ihr ging beschlich mich der Verdacht, dass sie auf dem Weg zu einem Date mit ihrem Freund sein könnte. Ich blieb plötzlich stehen und ließ sie davongehen.

Ich glaube in meinem achtzehnjährigen Leben habe ich noch nie so für ein Mädchen geschwärmt, mit dem ich nicht ein einziges Wort gewechselt habe.

Mit Glück werde ich dem fremden Mädchen morgen wieder begegnen und dann werde ich mir ein Herz fassen und sie nicht wieder einfach so davonziehen lassen.

Hoffe ich jedenfalls.

Gute Nacht!

Caren

Sonntag den 30. Juni

Liebes Tagebuch,

du glaubst nicht, was mir heute passiert ist.

Da bin ich doch heute meinen gewohnten Weg durch die Innenstadt gegangen. War viel in Gedanken, denn zum ersten Mal überlegte ich ernsthaft, ob meine Freundinnen nicht vielleicht doch recht hatten und meine Idee, dass mich eines Tages der richtige Junge ansprechen würde, doch nur eine Schnapsidee gewesen war.

Ich war gerade in die Haarenstraße abgebogen, da beschlich mich zum ersten Mal das Gefühl, dass mir jemand seit geraumer Zeit folgte, doch als ich mich umdrehte, war die Straße bis auf eine Mutter mit Kinderwagen leer.

Als ich dann aber die Kurwickstraße überquerte und auf Höhe des Herbartgangs war, tippte mir plötzlich jemand von hinten auf die Schulter.

Als ich mich erschrocken umdrehte, schaute ich in das ebenso erschrockene Gesicht eines Jungen.

Er schaute mich schüchtern an und versuchte die richtigen Worte zu finden. Ich musterte ihn. Mit seinem blonden Wuschelkopf machte er einen lustigen Eindruck auf mich und ich spürte, dass ich zu grinsen begann. Er schien es nicht zu bemerken und suchte scheinbar noch immer nach einer Erklärung, warum er mir von hinten auf die Schultern getippt hatte.

Doch dann blickte er nach unten und zeigte mit der rechten Hand auf meine Schuhe.

„Sorry, wollte dich nicht erschrecken. Aber ich habe bemerkt, dass deine Schnürsenkel aufgegangen sind. Ich dachte, ich sage dir das mal, bevor du noch hinfällst."

Nun schaute auch ich auf meine Schuhe. Er hatte recht. Ich ging in die Knie und band meine Schnürsenkel. Als ich aus der Hocke kam und mich bei ihm für seine Aufmerksamkeit bedanken wollte, war er verschwunden.

Ich schaute mich um, doch er war nicht mehr zu sehen.

Leider hatte ich nicht mitbekommen, in welche Richtung er verschwunden war. Ich lief zurück zur Kurwickstraße, doch in beiden Richtungen war er nicht zu sehen. Dann drehte ich mich um und lief schnell in Richtung

Wallstraße. Als ich rechts um die Kurve bog, sah ich ihn.

Ich versuchte ihn einzuholen und rief ihm zu:

„Hey, warte mal!“

Hannes

Sonntag den 30. Juni

Liebes Tagebuch,

du wirst es kaum glauben, aber ich habe dir eine Menge zu berichten.

Am besten fange ich ganz von vorne an.

Ich habe das Mädchen heute wiedergesehen und es an der Lambertikirche am Marktplatz entdeckt. Als sie an mir vorbeiging, beeilte ich mich meinen halb ausgetrunkenen Kaffee zu bezahlen und folgte ihr möglichst unauffällig. Dabei fragte ich mich, wie ich am schlauesten mit ihr in Kontakt kommen könnte, doch mir fiel nichts ein, was am Ende nicht plump auf sie wirken würde.

Doch dann sah ich plötzlich ihre offenen Schnürsenkel an ihrem rechten Schuh. Behutsam näherte ich mich ihr, versuchte dabei meinen Pulsschlag in den Griff zu bekommen und tippte ihr auf die Schulter. Zum Glück schrak sie nicht zusammen. Ich wollte etwas Witziges sagen, doch mir fiel nichts Gescheites ein. Als ich vor ihr stand verwirrte mich ihr schiefes Grinsen. Noch bevor ich mich fragen konnte, ob ich mich gerade zum Affen machte, wies ich sie auf den offenen Schnürsenkel hin und zeigte auf ihren Schuh.

Ich sah, wie sie sich bückte. Da fragte ich mich, wie es weitergehen sollte und wieder kam mir der Gedanke, dass sie auf dem Weg zu ihrem Freund war und ich sie unnötig aufhielt. Ich beschloss mich aus dem Staub zu machen. Doch als ich in die nächste Querstraße einbog, hörte ich ihre Rufe und blieb wie ertappt stehen. Sie kam auf mich zugerannt und als sie vor mir zum Stehen kam, bedankte sie sich doch tatsächlich für meine Aufmerksamkeit. Sie reichte mir die Hand und sagte ihren Namen.

Caren schlug vor, dass wir uns am nächsten Sonntag gern auf einen Kaffee treffen könnten.

Ich hatte überrascht genickt und das „MA“ als Treffpunkt vorgeschlagen. Etwas unbeholfen, wegen des vielen Glücks, hatte ich noch ein paar zusammenhangslose Dinge über das Wetter und die Vorzüge eines sonntäglichen Spaziergangs gestammelt, bevor wir uns voneinander verabschiedeten.

Seitdem bekomme ich mein blödes Grinsen nicht mehr aus dem Gesicht. Noch eine Woche, also eine halbe Ewigkeit, bis wir uns wiedersehen. Ich werde jede Stunde, jede Minute bis zu unserem Treffen zählen, auch wenn ich weiß, dass die Zeit damit auch nicht schneller vorüber geht. Aber ich kann nichts dagegen machen.

Caren

Sonntag den 7. Juli

Liebes Tagebuch,

mein Plan hat funktioniert! Ich bin einem super süßen Typen begegnet! Sybille und Cornelia werden den Mund vor Staunen nicht mehr schließen können.

Aber noch lasse ich sie zappeln. Kein Wort kommt vorerst über meine Lippen. Ich will Hannes nicht vorführen, er ist keine Trophäe, dafür ist mir das, was zwischen uns beginnen könnte, viel zu wertvoll.

Nachher sehe ich ihn wieder. Bin aufgeregt und voller Vorfreude.

Sonntag den 25. August

Liebes Tagebuch,

kaum dass ich meiner Mutter Hannes vorgestellt habe, hat sie ihn auch schon in Rekordzeit völlig in ihr Herz geschlossen.

Auch meinen Freundinnen habe ich von Hannes erzählt.

Bis auf Hanna, die sich ehrlichen Herzens für mich gefreut hat, waren die anderen Beiden so merkwürdig still und haben plötzlich angefangen mit verbissenen Gesichtern ihre Social Media Apps zu öffnen.

Sonntag den 1. September

Liebes Tagebuch,

dies ist der letzte Eintrag für unbestimmte Zeit, denn ich habe beschlossen, mein Leben mit Hannes in vollen Zügen zu genießen. Eines Tages werde ich dir davon berichten. Versprochen.

Bis dahin.

Caren

Unterm Hammer

Wie ein Springteufel schreckte Axel Franke aus seinem unruhigen Schlaf. Er saß aufrecht im Bett und hatte Mühe, sich trotz der Sonnenstrahlen, die durch das Fenster schienen zurecht zu finden.

Müde rieb er sich die Augen und gähnte herzhaft.

Er streckte und reckte sich und versuchte in Gang zu kommen.

Und doch blieb er auf dem Bett sitzen und betrachtete die Bettdecke, die ihm im Schlaf neben das Bett zu Boden gerutscht war.

Eine dieser unruhigen Nächte, die sich mit dem immer gleichen Traum füllten, lag hinter ihm.

Doch wie sonst verblassten die Bilder des Traums nicht sofort, sondern waberten wie eine zähe klebrige Masse in seinem Kopf herum.

*

Wieder sah er sich in seinem grasgrünen alten VW Käfer sitzend am Rand der Metjendorfer Landstraße.

Seit einer Stunde beobachtete er das Haus seines Bankkunden- Betreuers Leon Evers.

Immer wieder schaute er auf die Uhr.

Nach seinen Recherchen musste er jeden Moment von der Arbeit kommen. Langsam wurde es dunkel.

Ungeduldig riss er den vierten Schokoriegel aus der Verpackung, steckte ihn sich in den Mund und warf das Papier achtlos in den Fußraum des Wagens.

Axel ließ den Blick über das Haus schweifen, das ihm mit den dunklen Fenstern höhnisch die Stirn zu bieten schien.

Er musste kein Fachmann sein, um auf den ersten Blick zu sehen, dass es sich bei dem Haus mit Solaranlage auf dem Dach um ein Energieeffizienzhaus handelte, dass Evers eine Stange Geld gekostet haben musste.

Er nahm an, dass ihm sein Arbeitgeber bei der Finanzierung sicher großzügig unter die Arme gegriffen hatte.

Ein leichter Groll stieg in Axel auf. Er musste an sein eigenes Haus denken, deren Fenster noch einfach verglast waren.

Die Heizung war über zwanzig Jahre alt.

An Energieeffizienz war nicht zu denken. Er konnte im Moment nicht mal die Raten für das Haus, das Haus seiner Eltern, in dem er sein ganzes Leben lang wohnte, begleichen.

Vor zehn Jahren sah das noch anders aus.

Das Haus war schuldenfrei, doch fast drei Jahre Corona, Kurzarbeit und der Verlust seiner Arbeit, hatten ihn gezwungen, Schulden zu machen.

Jetzt war die Bank im Grundbuch eingetragen, ihm stand das Wasser bis zum Hals und wenn die Bank ihm mit dem Aussetzen der Raten nicht entgegenkommen würde, würde sie das Haus über kurz oder lang zwangsversteigern lassen.

Axel hörte das Brummen eines großen Fahrzeugs.

Zwei Scheinwerfer erhellten den Innenraum seines Wagens.

Leon Evers kam nach Hause.

„Endlich“, flüsterte Axel und machte sich bereit.

Er beobachtete wie Evers seinen Land Rover Discovery auf die gepflasterte Einfahrt fuhr.

Als er den Motor abstellte, stieg Axel aus dem Wagen, überquerte die Straße, auf der zu dieser Abendstunde nur wenig Verkehr herrschte und ging auf das offene Tor zu.

Für einen Augenblick war Evers verschwunden, doch dann sah er ihn Einkaufstaschen aus dem Kofferraum heben.

Im Gegensatz zu ihm, hatte Evers eine Frau, doch sie schien nicht im Haus zu sein. Er war sich nicht sicher, ob sie nicht auch jeden Augenblick nach Hause kommen würde.

Axels Frau war vor zwei Monaten ausgezogen.

Irgendwie hatte sie in seinen Augen nicht mehr die Zuversicht erkennen können, die sie beruhigen und ihr versichern konnte, dass am Ende alles gut werden würde.

Sie war zu ihren Eltern gezogen, wollte abwarten und gewährte ihm eine Schonfrist.

Genau diese Frist hoffte er auch von seiner Bank zu bekommen. Darum war er hier.

Axel trat an das Fahrzeug und machte sich mit einem Räuspern bemerkbar.

Für einen Moment sah Leon Evers ihn verwirrt an, bis er ihn letztendlich erkannte.

In den letzten Monaten hatten sie fast wöchentlich miteinander zu tun gehabt.

„Herr Franke, was machen Sie denn hier?", begrüßte Evers ihn und hievte einen Kasten Bier aus dem Kofferraum.

Noch bevor Axel sich erklären konnte, fuhr Evers fort.

„Hören Sie, ich kann mir vorstellen, wie sie sich gerade fühlen, aber unser Termin ist erst morgen."

Axel holte tief Luft und spielte mit dem Gedanken sich kommentarlos zurückzuziehen.

Doch er hielt es nicht mehr aus und wollte wissen was auf ihn zukommen würde.

„Können Sie mir nicht schon etwas sagen?", hörte Axel sich fragen und versuchte nicht weinerlich zu klingen.

„Herr Franke. Morgen werden Sie von mir erfahren, wie wir uns in Ihrer Angelegenheit entschieden haben. Gehen sie nach Hause, genießen Sie ihren Abend und wir sehen uns morgen um zehn Uhr."

„Aber sie können mir doch nicht erzählen, dass Sie das Ergebnis nicht schon längst wissen", erklärte Axel und fuhr sich nervös durch sein kurz geschorenes dunkelblondes Haar.

Evers holte tief Luft und stellte einen weiteren Einkaufskorb auf die Erde. Dann trat er auf Axel zu. Er war groß und durchtrainiert. Ihm gegenüber kam sich Axel wie eine billig Ausgabe von Popeye vor, jedoch ohne seinen Spinat.

Axel bemerkte, dass Evers langsam der Geduldsfaden riss.

„Herr Franke, ich bin hier bei mir zu Hause, ich habe Feierabend. Ich werde jetzt mit Ihnen auf meiner Auffahrt nicht über geschäftliche Angelegenheiten sprechen."

„Aber Sie wissen doch ganz genau in was für einer Situation ich stecke."

„Ja, weiß ich, aber daran wird sich auch im Moment nichts ändern."

Axel machte große Augen.

„Heißt das, sie werden mir keinen Aufschub gewähren?"

Axel spürte, wie der Boden unter seinen Füßen zu schwanken begann.

„Das habe ich nicht gesagt!", erklärte Evers jetzt und schaute ihn ernst an.

„Doch, ich habe es genau gehört!"

Evers schüttelte den Kopf, ging noch einen Schritt auf Axel zu und legte ihm beruhigend die Hand auf die Schulter.

„Mensch, nun reißen Sie sich mal zusammen. Sie sind nicht der Einzige, der durch Corona und plötzliche Arbeitslosigkeit in Schieflage geraten ist."

Axel schaute hämisch auf das Auto.

„Nee, nur Sie gehören nicht dazu. Sie haben Ihre Schäfchen schön im Trockenen."

„Nein, ich habe Glück gehabt", erklärte Evers im sachlichen Ton.

Axel nickte, schaute zum Haus und erklärte:

„In Bankkreisen gilt doch sicher auch die Regel, dass eine Krähe der Anderen kein Auge aushakt."

Evers schaute Axel stumm an und holte tief Luft.

„Herr Franke, bevor wir beide etwas sagen, was wir später nur bereuen würden, möchte ich sie bitten, nach Hause zu gehen."

„Ach und damit ist die Sache dann erledigt, was?"

Axel hatte Mühe seine Wut im Zaum zu halten.

Wie konnte der Mann, der sich keine Sekunde Gedanken um seine Existenz zu machen brauchte, so mit ihm reden, ihn hier einfach so abkanzeln.

„Können Sie sich nur im entferntesten vorstellen, wie es ist, wenn einem nach und nach das Leben unter den Füßen wegbricht? Haben Sie eine Ahnung was das für ein Gefühl ist, zu wissen, dass es möglich ist, dass mein Haus bald in einem Amtsgericht versteigert werden könnte?"

Axel sah Evers wütend und herausfordernd an.

Er steckte seine Hände in die Tasche und versuchte sich zu beruhigen.

Dabei fühlte er etwas in einer seiner Tasche.

„Nein, das weiß ich nicht. Aber ehrlich gesagt finde ich es kindisch, dass Sie mich für Ihr Leben verantwortlich machen wollen."

„Ach, kindisch finden Sie das? Warum helfen Sie mir dann nicht?"

„Ich habe Ihnen doch schon gesagt, dass wir morgen..."

„Morgen, morgen, morgen!", brüllte Axel zornig auf Evers ein.

„Ich weiß, dass Sie mir morgen erklären werden, dass Sie mir leider nicht helfen können, dass ihnen die Hände gebunden sind und Sie ans Geschäft denken müssen.

Tja und dann werden Sie mir erzählen, dass mein Haus untern Hammer kommen wird."

Mit diesen Worten zog Axel einen hölzernen Hammer hervor, den er ständig mit sich herumtrug. Er hatte ihn vor Kurzem auf einem Trödelmarkt entdeckt und in einem Anflug von makaberen Humor gekauft.

Evers drehte Axel den Rücken zu, nahm den Bierkasten und trug ihn zur Haustür.

Er schien zu glauben, dass er sich beruhigen würde, wenn er nicht mehr auf seine Unterstellungen und Vorwürfe einging. Doch Axel deutete Evers Verhalten als Ignoranz.

Mit einen paar kurzen Schritten ging er auf Evers zu. Als dieser den Bierkasten vor der Haustür abstellte, beugte sich Axel über ihn.

„Und wissen Sie wann ich mein Haus und mein bisheriges Leben endgültig verloren habe?"

Mit dieser Frage, auf die Axel keine Antwort mehr erwartete, schwang er den Hammer in die Luft und ließ ihn drei Mal auf Evers Kopf sausen, wobei er laut und deutlich rief:

„Zum Ersten, zum Zweiten und zum Dritten."

*

Axel Franke verließ das Bett und schlurfte in die Küche.

Während er die Kaffeemaschine einschaltete, kramte er einen Becher aus dem Hängeschrank. Er schaute sich um.

In der Spüle stapelten sich Pizzakartons und Türme von Alu- Schalen, in denen Reste billigen Fastfoods klebten.

Er hatte sich in den letzten Wochen gehenlassen, seit seine Frau ausgezogen war.

Doch der heutige Termin schien ihn zu lähmen, verhinderte, dass er sich den alltäglichen Dingen des Lebens widmete.

Er musste das hier auf die Reihe bekommen, wollte er seine Frau zurück bekommen. Doch dazu musste er wissen, ob er noch etwas Aufschub von der Bank bekam, Freiraum, um einen neuen Versuch zu starten, sein schlingerndes Leben wieder in die Spur zu bekommen.

Axel ging ins Schlafzimmer zurück und holte sich von dort die bereitgelegten Sachen, die er zum Termin anziehen wollte.

Kein Anzug, nicht die teuren Schuhe, die er vor Jahren mal gekauft und bis jetzt nicht angezogen hatte.

Sein Kundenbetreuer sollte nicht glauben, dass er unnütz Geld für Luxusartikel ausgab.

Axel nahm die Sachen und verschwand im Bad. Er hatte noch eine Stunde bis zum entscheidenden Moment in seinem Leben.

*

Axel Franke trat aus dem Haus. Die Sonne, die ihm ins Gesicht schien, gaukelte ihm vor, dass es ein schöner Tag werden würde, doch Axel war sich da nicht so sicher.

Statt seine Ente zu nehmen und vielleicht unnötig Zeit bei der Parkplatzsuche zu vergeuden, beschloss er die wenigen Schritte zur nächstgelegenen Bushaltestelle zu gehen. Die Linie 313 Richtung Krusenbusch würde in knapp zwanzig Minuten am Lappan sein. Und von dort waren es nur noch wenige Minuten bis zur Bank.

Axel war kaum an der Haltestelle angelangt, als der Bus einfuhr.

Er nahm einen der hinteren Plätze, dort konnte er noch einmal das bevorstehende Gespräch mit seinem Bankberater im Kopf durchgehen.

Er öffnete seine alte Wildledertasche und überprüfte die Vollständigkeit seiner Unterlagen. Er hatte an alles gedacht, war gut vorbereitet.

Als er kurz vorm Ziel die Tasche schließen wollte, fiel ihm der Holzhammer auf und er musste wieder an den Traum denken.

Seine optimistische Stimmung wich den düsteren Bilder der letzten Nacht. Würde er bei einem abschlägigen Bescheid wirklich so weit wie in seinem Traum gehen?

Die Bustüren öffneten sich. Axel schloss die Tasche und stieg aus.

Noch immer schien die Sonne von einem fast wolkenfreien blauen Himmel. Nun kam ihm das Wetter vor, als wolle es ihn verspotten.

Er war angespannt, als er den kurzen Weg zur Bank einschlug. Fast hätte er die rote Fußgängerampel übersehen. Doch das ließ ihn ungewöhnlich kalt.

Als er das Foyer der Bank betrat, waren alle Geldautomaten besetzt. Einer alten Frau fielen gerade am Selbstbedienungsschalter die Kontoauszüge runter. Axel wollte sich bücken, doch da kam ihm die Frau schon zuvor.

„Das geht Sie nichts an!“, fauchte sie ihn an, hob die Blätter auf und drehte sich kopfschüttelnd von ihm weg.

Axel ging auf den Schalter zu. Eine Schlange von sechs Leuten hatte sich vor ihm gebildet.

Axel, der eigentlich einen Termin hatte, reihte sich geduldig ein. Während er wartete, hörte er ein Mädchen seine Mutter bedrängen, die am Automaten hinter ihm eine Überweisung tätigte.

„Ich will ein Eis!“, hörte er das Mädchen jammern.

„Du hattest schon ein Eis. Das muss reichen, sonst bekommst du noch einen kalten Bauch.“

Das Mädchen zappelte weiter an der Hand der Mutter herum, die sich nicht traute ihre Tochter loszulassen.

„Dann will ich eine neue Puppe, meine ist schon ganz alt.“

„Vielleicht zu deinem Geburtstag!“, schlug die Mutter vor.

„Nein, ich will aber jetzt eine!“, ließ das Mädchen nicht locker, bis die Mutter sich zu ihr beugte und ihr ins Ohr flüsterte:

„Das können wir uns im Moment nicht leisten.“

„Nicht ich, du kannst dir das nicht leisten. Dann musst du eben mehr arbeiten!“, war die logische Schlussfolgerung des Kindes.

Axel verdrehte die Augen und hoffte, dass das Kind als junge Frau begriff, dass es im Leben nicht immer so einfach ist und man mit einfacher Kinderlogik nicht immer ans Ziel kommt.

Nach einer Viertelstunde trat er an den Bankschalter heran.

„Moin, mein Name ist Axel Franke. Ich habe einen Termin mit Herrn Evers."

Die junge Frau lächelte höflich und deutete auf eine Sitzgruppe in einer der Nischen.

„Wenn Sie einen Moment dort Platz nehmen würden, ich sage Herrn Evers bescheid, dass Sie da sind."

Kaum hatte Axel Franke Platz genommen und versucht, es sich in dem unbequemen Sessel bequem zu machen, öffnete sich eine der Türen zum Bürotrakt und ein gut gelaunter Herr Evers stürmte auf ihn zu.

Er trug einen dunkelblauen Anzug, eine gelbe Krawatte und schwarze Lackschuhe.

Sein dunkles Haar war akkurat zu einem Seitenscheitel gekämmt. Alles an ihm saß genau da, wo es zu sitzen hatte.

Er strahlte ihn herzlich an, zeigte seine weißen Zähne, als wäre er ein Zahnpastamodel. Von Weitem streckte er Axel schon die Hand zur Begrüßung entgegen.

Axel erhob sich, dankbar dem Sessel entkommen zu dürfen und erwiderte Evers Händedruck.

Axel versuchte in Evers Gesicht die Entscheidung, die er und die Bank getroffen hatten herauszufinden, doch Evers ließ sich nichts entlocken, als hätte er absichtlich ein Pokerface aufgesetzt.

„Schön, dass Sie es einrichten konnten, kommen Sie, wir gehen in mein Büro."

„Dass ich es einrichten konnte, dummes Arschloch“, flüsterte Axel vor sich hin, als er Evers wie ein Schuljunge auf dem Weg zum Direktor einen langen Flur entlang zu dessen Büro folgte.

Evers hielt ihm die Tür auf, ließ ihn eintreten und deutete auf einen Designerstuhl aus poliertem Edelstahl und einer Sitzfläche aus schwarzem Leder.

Während Axel sich setzte und die Tasche neben dem Stuhl auf dem Boden abstellte, ging Evers um den Schreibtisch, setzte sich und schob den Computerbildschirm zu sich herum.

Axel schaute ihn an und wartete, dass sein Bankberater das Gespräch eröffnete.

„Also Herr Franke. Sie hatten uns noch einmal alle Unterlagen zukommen lassen und baten uns, dass wir noch einmal überprüfen, ob es möglich sei, ihre Kreditraten für drei bis vier Monate auszusetzen.“

Evers drückte das Kreuz durch, verschränkte kurz seine Arme, bevor er begann auf der Computertastatur wild drauflos zu tippen.

Axel holte tief Luft.

Warum tat Evers so, als müsse er sich erneut einen Überblick über seine Angelegenheit verschaffen? Er hatte in der Frühkonferenz doch längst das Ergebnis präsentiert bekommen.

Evers ließ ihn zappeln, schien seine Macht über ihn auszukosten.

Axel verengte die Augen zu Schlitzen und fixierte ihn

ungeduldig. Doch Evers schien ihn nicht wahrzunehmen. Er heftete unbeirrt den Blick auf den Bildschirm.

Am liebsten hätte Axel den Bildschirm ergriffen, ihn zu sich umgedreht, nur um festzustellen, dass er gerade eine Partie Poker spielte.

Langsam empfand Axel die ganze Situation in diesem Büro als absurd. Evers hatte ihm nicht einmal anstandsweise etwas zu trinken angeboten. Nun ließ er ihn hier schmoren. Die Wut, die ihn in letzter Zeit in seinem immer gleichen Traum überkam, stieg nun wirklich in ihm auf. Plötzlich musste er an den Hammer denken, der in der Tasche neben dem Stuhl lag.

Axel beugte sich zur Tasche, öffnete sie und holte den Hammer heraus, legte ihn in seinen Schoß und grinste still vor sich hin.

„Also, noch einen kleinen Augenblick, dann hab ich es“, hörte er Evers sagen.

„Blödsinn, du Mistkerl. Du genießt deine Position, dass kann ich dir doch ansehen!“, murmelte Axel still vor sich hin und erschrak kurz über seine Worte.

Er begann den Hammer in den Händen zu drehen.

Könnte er ihn wirklich hier erledigen, wenn er gleich von ihm eine abschlägige Entscheidung zu hören bekommen würde?

Verdient hätte er es, dieser selbstgerechte Mensch, der bis jetzt wohl nur auf der Sonnenseite des Lebens stand.

Aber was, wenn sich Alex in dem Mann täuschte, sein Leben nicht so problemlos verlief, wie er annahm.

„Nun habe ich es."

Evers drehte sich grinsend zu Axel hin, holte tief Luft und erklärte:

„Herr Franke, dass mit Ihrer Anfrage geht in Ordnung. Wir geben Ihnen eine Ratenpause von fünf Monaten."

Axel ließ vor Schreck den Hammer los. Polternd fiel er zu Boden, direkt zu Evers Füßen.

„Das sind gute Neuigkeiten, ich danke Ihnen", erklärte Axel freudestrahlend und sah, wie Evers den Hammer aufhob.

„Das ist ein Auktionshammer. Tolle Verarbeitung. Aber warum tragen Sie den denn bei sich?"

„Es ist mein Talisman. Ich weiß, etwas makaber, wenn man bedenkt, dass ich auf eine Versteigerung meines Hauses zusteuere."

„Na, nun haben sie ja Zeit, genau das zu verhindern."

Evers reichte Axel den Hammer über den Tisch.

„Der ist ganz schön schwer. Nicht auszudenken, wenn man mit diesem Hammer einen Schlag auf den Kopf bekommt."

„Herr Evers, sie schauen wohl zu viel Krimis.", neckte Axel seinen Bankberater gut gelaunt.

„Zu viele Justizthriller", grinste Evers, erhob sich, führte ihn zurück aus dem Bürotrakt und verabschiedete sich an der Tür von Axel.

„Dann wünsche ich Ihnen alles Gute. Genießen Sie die Sonne und ich hoffe, wir konnten Ihnen mit unserer Entscheidung etwas unter die Arme greifen."

„Das konnten Sie", erwiderte Axel.

Auf dem Weg zurück zum Bus, nahm Axel das Handy aus der Tasche und wählte den Anschluss seiner Frau.

Er wollte ihr vom Ausgang seines heutigen Termins erzählen. Natürlich würde sie nicht sofort mit wehenden Fahnen zu ihm zurückkommen, aber ein Anfang war gemacht. Zeit, so Einiges in Gang zu setzen. Als erstes würden die Pizzakartons und Alu-Schalen aus der Küche verschwinden und dann wurde es Zeit, mal weiter nach einem Job zu suchen. Noch nie wurden Quereinsteiger so händeringend gesucht wie jetzt.

Seit langem fühlte Axel wieder Hoffnung und Zuversicht in sich aufsteigen, Gefühle, die er in letzter Zeit nicht mehr zugelassen hatte. Doch nun galt es sie festzuhalten und in sich zu bewahren.

Die Wege des Lebens

Den ganzen Tag hat mich meine beste Freundin Lea genervt, mich gedrängt, mit auf die Single Party ins Alhambra zu kommen.

Ich habe keine Lust und würde mich lieber mit einem Buch auf die Couch zurückziehen und mich von einer anstrengenden Arbeitswoche erholen.

„Das kannst du machen, wenn du dreißig geworden bist. Aber die sieben Jahre bis dahin, solltest du genießen.“, dröhnen mir ihre Worte in den Ohren, während sie in meinem Zimmer mit einer Flasche Rotwein herumläuft und wie ein Baby daran herumnuckelt.

„Anglühen, nennt man das!“, erklärt Lea, als sie meinen skeptischen Blick sieht. Sie hält mir die Flasche hin.

„Hier, mach dich doch etwas locker.“

Ich schüttle den Kopf, sie weiß ganz genau, dass ich keinen Alkohol trinke. Ich mag es nicht, die Kontrolle zu verlieren.

Ich ziehe mir eine dünne Jacke über meine Bluse.

Nicht, dass ich plötzlich Lust auf dieses Party habe. Ich will aber nicht, dass Lea am Ende hier betrunken herumliegt. Damit würde sie mir auch noch den Sonntag vermiesen.

„Komm, wir sollten uns endlich auf den Weg machen.“

Ich ziehe sie mit mir zur Haustür.

„Ja, warum hast du es denn plötzlich so eilig.“, fragt sie mich und grinst mich vielsagend an.

„Sag nicht, dass dort schon ein Verehrer wartet?“

„Ach Lea, du müsstest es als meine beste Freundin besser wissen.“

„Ja, stimmt, aber darf man nicht mal an Wunder glauben?“

„Darf man“, erwidere ich und schiebe sie nun endgültig aus meiner Wohnung in den Flur.

Sie ist meine Freundin, ich vergebe ihr ihre manchmal unsensible Art.

Denn eigentlich weiß sie ganz genau, dass ich mich ungern unter fremde Leute mische. Ich mag das Gefühl nicht, dass mich immer beschleicht, wenn ich auf Gruppen stoße. Dann fühle ich mich unwohl, glaube, dass die anderen irgendwelche Erwartungen an mich haben, auch wenn das nicht stimmt. Das macht mich unsicher und nach einer Weile finde ich alles nur anstrengend, weil ich mich nicht entspannen kann und zurück nach Hause will.

„Auf in den Kampf!“, ruft Lea in den Hausflur und ich hoffe, dass die Nachbarn ihre Fernsehgeräte laut genug gedreht haben, damit sie Leas peinlichen Auftritt nicht mitbekommen.

*

Für einen Weg von einer halben Stunde, brauchen wir fast eine Stunde. Lea hat beschlossen, entgegenkommende Leute anzusprechen und zu fragen, ob sie auch auf die Single Party ins Alhambra gehen. Ihre Opfer sind Paare und ältere Herrschaften mit Hund.

Ich habe viel zu tun, sie von den Leuten wegzureißen. Lea ist nicht völlig betrunken, nur übermütig. Eigentlich liebe ich sie wegen ihrer positiven Lebenseinstellung. Ihr ist es egal, was die Leute von ihr denken. Über mich kann ich das nicht behaupten.

Auch an diesem Abend schafft es Lea den Typen am Einlass zu überzeugen, dass es eine Schande wäre, wenn er für ihre Anwesenheit Geld verlangen würde.

Für mich kostet der Eintritt fünf Euro.

Kaum tauchen wir in das Halbdunkel der Tanzfläche, ist Lea verschwunden. Sie hüpft von einem Typen zum Anderen, umarmt ihn, gibt ihm einen flüchtigen Kuss, um wenig später auf den nächsten loszustürmen.

Sie scheint eine Menge der Anwesenden zu kennen, oder auch nicht. Ich dagegen kenne niemanden und bin auch froh, dass mich niemand kennt.

Ich gehe in den hell erleuchteten Nebenraum, in dem ein Mädchen und ein Junge Kaffee ausschenken.

Ich schaue mich in dem Raum um. War lange nicht mehr im Alhambra. Das letzte Mal war, als ich einen Klassenkameraden zur Rosa Disco ins Alhambra begleitete, weil er gerade sein Coming Out hatte und nicht allein in die Szene gehen wollte. Aber dass ist über fünf Jahre her.

Als ich meinen Blick durch den Raum schweifen lasse, wird mir bewusst, dass sich seitdem nichts verändert hat. Noch immer die alten Hängelampen über den kleinen runden Tischen. Die Möbel scheinen seit ewigen Zeiten nicht ausgetauscht worden zu sein.

Ich gehe zur Theke, bestelle einen Becher Kaffee und bezahle sensationelle 1.50 €. Sogar daran hat sich seit damals nichts geändert.

Ich will meinen Kaffee austrinken und mich dann wieder vom Acker machen. Ich habe Lea unbeschadet hierher gebracht, meine Schuldigkeit als Freundin ist getan.

Von der Tanzfläche her dröhnt eine der Balladen von Whitney Huston. Was für eine Stimme, was für ein tragisches Ende der Sängerin! Ruhm ist halt nicht alles, denke ich still und stelle meinen leeren Becher zurück auf die Theke.

Ich will gehen und schiebe mich an einem Pulk Leute vorbei.

Ein Typ, den ich im schummrigen Licht nicht richtig erkennen kann, rempelt mich von der Seite an, ohne sich zu entschuldigen.

„Ungehobelter Klotz!", fluche ich in seine Richtung, doch er geht ungerührt weiter.

„Ja, in der Dunkelheit seit ihr alle die Größten!", murmle ich vor mich hin.

Ich muss mich am Rand der Tanzfläche auf einen freien Stuhl setzen, denn meine Schnürsenkel sind aufgegangen.

Als meine Schuhe wieder fest verschnürt sind, beobachte ich die Tanzenden, die nun zur Musik der Pet Shop Boys ihre Körper verrenken.

Für mich sind das nur testosterongesteuerte Balztänze, wobei die jungen Frauen dabei noch ein besseres Rhythmusgefühl haben.

Plötzlich steht ein junger Mann, vielleicht ein paar Jahre älter als ich, ich kann es nicht richtig erkennen, neben mir.

„Was schaust du denn so?"

„Sorry ich war in Gedanken."

„Und was hast du gedacht?"

„Ich dachte darüber nach, wie ich dich am besten anspreche."

„Am besten gar nicht!"

„Dachte ich mir schon. Aber ich wollte dir deine Jacke geben. Die hast du gerade nach dem Anrempeln verloren."

Ich nehme die Jacke in Empfang und frage entgegen meiner Absicht:

„Wieso dachtest du, es sei besser mich nicht anzusprechen?

„Du hast so verloren ausgesehen, ungewöhnlich, inmitten dieser ausgelassenen Stimmung."

„Ich kann mir verloren vorkommen, wann und wo ich will. Nur das ich es nicht bin.", entgegne ich und frage mich gleichzeitig, warum ich nicht netter zu ihm bin.

„Naja, wenn ich ehrlich bin, sind so viele Menschen nicht so mein Ding. Habe nur eine Freundin hergebracht."

„Also, wenn du Lust hast zu reden, ich bin noch etwas hier. Besorge mir erst einmal einen Kaffee. Willst du auch einen?"

„Nein, im Moment nicht."

„O.K. Dann vielleicht bis später."

„Ja, vielleicht!" sage ich und schaue noch einen Moment auf die Tanzfläche und dann in die Richtung, in der der Mann verschwunden ist.

Ich muss grinsen. Auch wenn ich es mir nicht eingestehen

will, der junge Mann hat einen gewissen Eindruck bei mir hinterlassen.

Aber egal, ich bin nicht hier, um mein Leben als Single zu beenden. Ich bin hier, weil ich gegenüber Lea nie gut NEIN sagen kann.

Es ist Zeit zu gehen und so mache ich mich in Richtung Ausgang auf, als mein Handy plötzlich klingelt.

Ohne aufs Display zu sehen, nehme ich den Anruf an und versuche mich gegen die lauter - werdende Stimme von Phil Collins zu behaupten.

„Lea, was ist? Jetzt sag nicht, ich muss dich aus irgendeiner Klemme befreien."

„Nein, musst du nicht!", höre ich, jedoch antwortet nicht Leas Stimme. Auch wenn ich seine Stimme nur kurz gehört habe, weiß ich, wer am Telefon ist.

„Lass mich raten, du hast uns beim Reingehen beobachtet und meine Freundin Lea nach meiner Nummer gefragt? Oder du hast den Typ, der mich vorhin angerempelt hat, beauftragt, sich meine Jacke zu schnappen, damit du sie mir zurückgeben kannst, um mit mir ins Gespräch zu kommen. Was war die Aktion dir wert? Ein oder zwei Bier?"

„Wow, dass ist eine Menge, auf die ich antworten muss."

„Du musst gar nichts. Ich muss nur mal mit meiner Freundin reden und sie fragen, warum sie fremden Leuten einfach meine Nummer gibt."

„Ja, das Gespräch würde ich mit meinem besten Freund auch führen, wenn er so etwas täte."

„Haha, sehr witzig.“, entgegne ich ungehalten.

„Warum rufst du an?“

„Ich wollte wissen ob du schon auf dem Heimweg bist, ach und nach deinem Namen wollte ich dich fragen. Deine Nummer habe ich ja schon von deiner Freundin bekommen.“

„Wozu?“,frage ich und stelle mich an eine der Wände, denn plötzlich kommt ein Schwung neuer Gäste johlend herein.

„Weil es höflicher ist, sich mit Namen anzusprechen.“

Ganz unrecht hat er nicht und so nenne ich ihm meinen Namen.

„Xandy, ein schöner Name“, höre ich ihn sagen.

„Ja klar, und als nächstes sagst du mir noch welch wunderbare Bedeutung dieser Name hat.“

„Keine Ahnung!“, höre ich ihn gelassen antworten.

Nun fühle ich mich leider genötigt auch nach seinem Namen zu fragen.

„Sag ich dir, wenn du nach nebenan kommst. Wir könnten dann noch einen Kaffee zusammen trinken.

„Na klar, schöner Plan.“ Er kann nicht sehen, wie ich die Augen verdrehe.

„Das meinst du jetzt nicht echt, ich höre es an deiner Stimme.“

Ich schrecke leicht zusammen, fühle mich ertappt. Doch ich will ihm nichts vormachen. Ich habe keine Ahnung, wie man solche Gespräche am Laufen hält. Was hat er denn für Erwartungen? Doch bevor meine Gedanken sich verheddern, beschließe ich der eingeschlagenen, abweisenden Haltung treu zu bleiben.

„Natürlich meine ich das nicht wirklich. Warum belassen wir es nicht bei diesem einen kurzen Treffen. Hier laufen doch genug junge Frauen herum. Warum gerade ich?“

Fast augenblicklich füge ich hinzu:

„Stopp, das war eine rhetorische Frage, ich will darauf keine Antwort.“

„Bekommst du aber und sie wird ehrlich sein, dass verspreche ich dir. Wenn sie sich für dich nicht ehrlich anhört, werde ich sofort gehen und dich in Ruhe lassen. Versprochen.“

Ich hole tief Luft. Auch wenn ich solche Szenen schon tausendmal in irgendwelchen Filmen gesehen habe, hat dieser Mann etwas an sich, dass ich nicht so recht ergründen kann.

„Also gut. Du hast dreißig Sekunden, um dir etwas Überzeugendes auszudenken.“

Ich lege auf.

Was mache ich nur?, frage ich mich still.

Ich fühle, wie meine Beine zu zittern beginnen, ich mich unter all den Leuten unwohl fühle und doch bahne ich mir einen Weg zum Café.

Als ich um die Ecke biege, steht der junge Mann am Tresen.

Plötzlich kommt mir Lea in den Sinn, doch von ihr ist weit und breit nichts zu sehen. Hoffentlich glaubt sie nicht, dass sie mich mit der Herausgabe meiner Nummer an einen Fremden in ein Abenteuer locken kann. Da ist sie schief gewickelt.

Als er mich sieht, kommt er auf mich zu und streckt mir die Hand entgegen, als würden wir uns gerade zum ersten Mal begegnen.

„Ich bin Ben. Schön dich kennenzulernen Xandy.“

Er grinst mich an, etwas schief, aber nicht unsympathisch.

Ich schaue ihn weiter erwartungsvoll an und da begreift er, dass ich auf eine Antwort von ihm warte.

„Du wolltest wissen, warum gerade du?“ Er macht eine Pause.

„Weil du die einzige junge Frau bist, die an diesem Abend scheinbar nicht an diesen Ort gehört und sich dennoch tapfer schlägt.“

Ich bin kein Mensch, der je um eine passende Antwort verlegen ist. Ich bin nicht so schlagfertig wie meine Freundin Lea , aber ich habe mir noch nie die Butter vom Brot nehmen lassen. Auch wenn es anstrengend ist, ständig die Taffe zu mimen.

Doch dieser Satz von Ben machte mich sprachlos. Ich weiß nicht, ob ich wütend über seine Impertinenz sein soll oder betroffen, weil er das Ziel nur um Millimeter verfehlt hat.

Noch ehe ich dazu komme, meine Mauer um mich herum zu verteidigen, höre ich ihn sagen:

„Lass uns gehen. Du willst hier nicht sein und ich auch nicht. Meine Kumpels kommen auch ganz gut ohne mich klar. Und im Gegensatz zu ihnen werde ich morgen früh nicht jammernd über der Kloschüssel hängen."

Ben hakt sich ungefragt bei mir unter und manövriert uns gekonnt an der mittlerweile gut gefüllten Tanzfläche vorbei zum Ausgang.

Als uns die laue Septemberluft um die Nase weht, lässt er mich los und winkt einem Taxi zu.

„Musst du jetzt schon nach Hause?" frage ich plötzlich.

Ben, der noch neben mir steht erklärt:

„Ja, ich wollte jetzt nach Hause. Habe mir das Taxi bestellt, aber wenn du noch nicht nach Hause willst, kannst du gern mit zu mir kommen. Wir könnten noch die angebrochene Nacht genießen."

Ich folge seinem Blick zu dem sternenklaren Himmel.

„Ich weiß nicht so recht.", gebe ich ehrlich zu.

Ich beschließe aus der Deckung zu kommen und obwohl sich das in diesem Moment komisch anfühlt, erkläre ich ihm, dass ich auf keinen Fall auf ein flüchtiges Sexabenteuer aus bin. Doch nun bin ich erleichtert, ihm das direkt ins Gesicht sagen zu können.

„Ich auch nicht, also komm, wenn du willst."

Keine Ahnung woher ich das Vertrauen nehme, vielleicht werde ich es auch schon bald bereuen? Aber ich beschließe mich darauf einzulassen und den Augenblick nicht mit meinen Zweifeln zu zerstören. Jetzt will ich daran glauben, dass dieser Abend nicht in einem emotionalen Reinfall enden wird.

Ich nehme seine Hand, die er mir hinhält. Zusammen gehen wir zum wartenden Taxi.

„In die Johannisstraße, gleich neben dem Casablanca-Kino“, nennt Ben dem Fahrer das Ziel. Ich lehne mich neben ihm auf dem Rücksitz zurück und genieße sogar die kurze nächtliche Fahrt durch Oldenburg.

*

Er bewohnt ein großes Zimmer im fünften Stock unterm Dach, dass in einen Ess- und Schlafbereich aufgeteilt ist. In einer Ecke befindet sich eine kleine Küchenzeile und gleich neben der Eingangstür ein kleines Bad mit bodentiefer Dusche. Nach einer kurzen Führung hat mich Ben auf einen Balkon gelotst, der von seinem Zimmer abgeht.

Von hier aus habe ich einen bemerkenswerten Blick über den Pferdemarkt, die Bahnschienen, die an der 91iger Straße entlang führen, bis hin zum Rand der Innenstadt.

Wie friedlich alles von hier oben aussieht.

Ben hat uns Tee gemacht. Er sitzt neben mir auf einer Hollywood - Schaukel und trotz der Nähe, berühren wir uns nicht. Alles hier fühlt sich für mich richtig an.

Leichte Schleierwolken verwehren uns den Blick auf die Sterne am nächtlichen Himmel, doch die Stimmung können sie uns damit nicht trüben.

„Für mich könnte es immer Nacht sein“, sage ich vor mich hin.

Ben horcht auf. Hält meine Bemerkung scheinbar für den Anfang eines Gesprächs und fragt:

„Warum?"

„Weil da das Leben am einfachsten ist," wage ich mich vor, obwohl ich nicht annehme, dass er mich versteht.

„Ah, ich verstehe!"

„Wirklich?"

Ich glaube ihm kein Wort, er will nur höflich sein. Wir sind uns gerade erst begegnet, er kennt mich nicht.

Doch dann sagt er:

„Dann sieht man all die Wege, Einbahnstraßen, Umwege und Baustellen nicht. All die vielen Wege, die bei Licht betrachtet, wie ein Spinnennetz aussehen, in dem man sich leicht verfangen kann.

Und nicht zu vergessen, die vielen Menschen auf all diesen Wegen, die sich einem ab und an in den Weg stellen."

Ich drehe mich zu ihm um. Woher hat er den Zugang zu meinen geheimsten Gedanken? Ich bin einen Moment verwirrt. Wer ist dieser Mann?

Doch ich will nicht schweigen und beschließe es zu wagen. Für einen Moment will ich für ihn einen kleinen Riss in meine Mauer schlagen, damit er ein wenig auf mein Leben schauen kann.

Ich holte tief Luft, bevor ich ihm erkläre:

„Ich finde das Leben ist schwer, mit all seinen Entscheidungen, mit all den Menschen, die einem nahe stehen, denen man gerecht werden will und dabei auch noch darauf achten muss, dass man sich selbst nicht verliert. Das ist mächtig anstrengend."

„Ja, das ist es", entgegnet Ben und fügt hinzu:

„Man versucht einen Platz zu finden, eine Bestimmung, damit einem das Leben nicht so sinnlos erscheint."

Er hat recht, denke ich und sage:

„Da fragt man sich doch, ob es nicht besser ist, losgelöst von all den Verpflichtungen zu sein. Einfach nur leben, essen, trinken, lieben."

Ben lacht auf.

„Ja, eine schöne Vorstellung, doch leider nicht machbar."

„Gar nicht?", frage ich skeptisch nach, denn ich wünsche mir schon lange eine Möglichkeit, mich von all meinen Verpflichtungen zu lösen. Eine lange gerade Allee, breit genug, um all den Leuten ausweichen zu können. Keine Autospur, keine Fahrradstreifen, keine Baustelle, keine Gefahr. Für einen Moment suhle ich mich in diesem wundervollen Bild. Doch der echte Lebensweg ist so nicht.

Ich merke wie ich immer nachdenklicher werde und erkläre Ben:

„Ich finde es absurd, Geld verdienen zu müssen, um überhaupt leben zu können. In was für einem verzwickten Konstrukt leben wir eigentlich?"

„Du hast recht, es ist ein Jammer, dass es dafür keine einfache Antwort gibt.", entgegnet Ben und steht auf.

Ich schaue ihn an und frage:

„Wo gehst du hin?"

Ich will das dieser Abend noch nicht zu Ende ist, will

noch ein bisschen über die Dinge des Lebens philosophieren. Es tut mir gut, dass ich auf einen Menschen getroffen bin, der mich zu verstehen scheint.

„Ich gehe mal für kleine Weltverbesserer und hoffe mit einer Lösung wiederzukommen."

Ich lache laut auf und eine wohlige Wärme umhüllt mich bei seinen Worten. Seine Anwesenheit tut mir gut, ob ich will oder nicht.

Aber genau so gut weiß ich, dass schon morgen der Zauber dieses Augenblicks eine Vergangenheit sein wird, die man nicht zurückholen kann.

Als Ben wieder auf den Balkon kommt, verkündet er feierlich:

„Ich habe keine Lösung für unser Problem gefunden, aber neuen Tee. Besser als nichts, für den Moment jedenfalls."

Ich schaue Ben an. Sein Lächeln ist so herzerfrischend, seine Nähe so wohltuend.

Wieder sitzen wir schweigend da. Irgendwann holt Ben eine Decke für uns zwei, in die wir uns einhüllen.

Ohne besonderen Grund beginnen wir über unserer beider Kindheit zu reden und als wir bei unseren Erfahrungen mit Freunden angelangen , bemerke ich, dass der Verkehr unten auf den Straßen langsam einzusetzen beginnt. Die ersten Vögel zwitschern im heraufziehenden Tageslicht.

Die Nacht weicht dem Tag und damit wird es Zeit, mich von Ben zu verabschieden.

„Diese Nacht wird mir immer in Erinnerung bleiben." sage ich voller Wehmut.

„Es muss ja nicht die letzte gemeinsame Nacht gewesen sein."

Ich grinse und bin unsicher, was ich darauf antworten soll.

Sein Angebot ist verführerisch. Doch fürs erste brauche ich Zeit über meine Begegnung mit Ben nachzudenken.

Zum ersten Mal habe ich mich jemandem geöffnet, sogar mehr als gegenüber Lea, von der ich weiß, dass sie mich nicht wirklich verstehen würde. Sie ist da anders. Lea stürzt sich einfach ins Leben und ist dabei unbedacht und glücklich. So bin ich nicht. Leider.

*

Eine Woche nach unserer gemeinsamen Nacht auf dem Balkon, sitze ich gerade mit Lea in der Eisdiele am Marktplatz, als mein Handy klingelt.

Es ist Ben, der sich zum ersten Mal nach dieser Nacht bei mir meldet.

„Sorry, dass ich erst jetzt anrufe, aber ich habe so lange gebraucht mit dem Nachdenken."

„Über was denn?", frage ich und erwarte schon, dass er mir erklärt, dass wir es bei diesem einen Treffen belassen sollten.

Dabei schaut mich Lea ungeduldig von der Seite an.

„Was will er?", flüstert sie in meine Richtung. Ich winke ab.

„Wo bist du gerade?"

Ich sage ihm, dass ich mit Lea Eis esse, worauf hin Ben mich fragt, ob es möglich sei, dass wir uns in einer halben Stunde allein treffen können, vorausgesetzt Lea hat nichts dagegen.

„Ich will dir etwas zeigen – ein Experiment!“

„Also gut, in einer halben Stunde. Wehe es ist nicht wichtig, immerhin muss ich Lea allein vor ihrem Eierlikör Eisbecher sitzen lassen.“, sage ich, um es dramatischer zu machen, als es ist, denn wir sitzen längst schon bei unserem Cappuccino und wollten auch gerade bezahlen.

„Ist das Ben?“, kommt es aus Leas Richtung.

Erneut winke ich ab. Erst als ich das Gespräch mit ihm beende, erkläre ich ihr die Umstände meiner Planänderung.

Auch wenn Lea erst skeptisch schaut und erstaunt ist, dass ich freiwillig als Versuchskaninchen für ein Experiment herhalten will, obwohl keiner von uns Beiden weiß, um was es eigentlich geht, freut sie sich doch für mich. Dennoch willigt Lea in den baldigen Abbruch unseres Treffens nur unter zwei Bedingungen ein.

Erstens, ich muss die Rechnung übernehmen und ihr zweitens versichern, dass die Sache mit Ben zu etwas führt. Wenigstens zu einem losen Techtelmechtel.

„Gott, wer benutzt denn heute noch so ein Wort!“, lache ich, als ich mich wenig später von Lea verabschiede.

„Halt mich auf dem Laufenden!“, ruft sie mir noch hinterher.

Ich nicke nur, hebe die Hand zum Zeichen, dass ich sie verstanden habe und verschwinde um die nächste Ecke.

Wie verabredet warte ich an der Hirsch-Apotheke auf ihn.

Ben lässt nicht lange auf sich warten.

„Was gibt es denn so Dringendes?“

„Ich habe vielleicht die Lösung für deine Angst.“

„Welche Angst?“

Wir haben über so viele persönliche Dinge geredet, wie soll ich auf Anhieb erraten, worauf er hinaus will.

Ohne zu antworten nimmt er meine Hand.

„Gleich wirst du es begreifen, hoffe ich.“

Für die nächsten Minuten sind dies die letzten Worte, die Ben an mich richtet. Er nimmt mich an die Hand und beginnt mit mir schweigend und scheinbar ohne ein bestimmtes Ziel vor Augen, durch die Gassen der Innenstadt zu spazieren. Ab und an steuert er auf fremde Leute zu, denen wir erst im letzten Moment ausweichen.

Dreimal stoppen wir kurz, werden nach Feuer, dem Weg zum Schloss und nach Kleingeld gefragt. Ben gibt Antwort und erfüllt die Wünsche der Fremden bis aufs Feuer geben. Er ist Nichtraucher.

Doch nach etwa zwanzig Minuten stoppe ich in der Wallstraße abrupt unseren Spaziergang.

Ich drehe mich zu Ben um und schaue ihn fragend an.

„Was soll das hier? Was hast du mit Experiment gemeint? Oder hast du vor als Stadtführer in Oldenburg zu arbeiten und gehst mit mir Strecken ab, die dafür infrage kämen?“

„Nein, aber die Idee ist gar nicht schlecht“, lächelt er mich an und tut so als würde er ernsthaft darüber nachdenken.

„Warum dann dieser ziellose Gang durch die Innenstadt?"

Plötzlich dämmert es mir. Ich ahne, was er mir mit dieser Aktion vermitteln will, denn ich muss an unser nächtliches Gespräch denken. Doch ich sage ihm nicht, dass ich die Antwort selbst gefunden habe. Irgendetwas in mir wünscht sich, es aus seinem Mund zu hören.

Ich sehe ihm an, dass er längst bemerkt hat, dass ich mir die Frage eigentlich selbst beantworten kann, dennoch erklärt er mir in ruhigem Ton:

„Xandy, du hast mir das über die Wege in deinem Leben erzählt, von deiner Angst dich zu verrennen. Gerade sind wir durch all diese Straßen gegangen. Haben uns von Leuten ansprechen lassen und auf ihre Fragen reagiert. Obwohl du nicht den Grund für unseren Spaziergang wusstest und sicher auch etwas genervt warst, hattest du für einen Moment Angst? Haben dich die Leute, die uns angesprochen haben, verschreckt?"

Ich schüttle den Kopf. Nur mühevoll kann ich meine Rührung verbergen, kämpfe damit, nicht hier, mitten unter den fremden Leuten, in Tränen auszubrechen.

Er lächelt mich an und bemerkt meine glasigen Augen. Er steht vor mir, nimmt meine Hände in seinen und erklärt fast feierlich:

„Wenn du es willst, würde ich gern mit dir zusammen durch die Straßen des Lebens gehen. Wir laufen gemeinsam los und schauen mal was passiert. Was sagst du dazu?"

Ben schaut mich an und ich bemerke die Unsicherheit in

seinen Augen. Doch dafür gibt es keinen Grund, denn automatisch nehme ich ihn fest in die Arme, küsse ihn und fühle mich in diesem Moment einfach nur glücklich und unverwundbar.

Mitten auf der Wallstraße erwidert er meine Zärtlichkeit und küsst mir die Tränen von den Wangen, die nun nicht mehr zu stoppen sind.

Ich schluchze und spüre wie sich eine große Last von meiner Schulter löst.

Lachen und weinen lösen sich ab, während wir Richtung Johannisstraße gehen. Trotz seines Angebots, ist da noch eine gewisse Unsicherheit. Doch ich will ihm vertrauen, ihm glauben. Die Leute um uns herum nehme ich längst nicht mehr wahr.

Zum ersten Mal in meinem Leben ist mir egal, was fremde Menschen über mich denken könnten. Denn da ist Ben, der neben mir läuft und mich fest an der Hand hält.

Danksagung

Auch bei diesem Buchprojekt standen mir wieder einige Menschen hilfreich zur Seite.

Mein Dank geht an Marion Sauermann, Sven Augst und Sonja Dörr (Autorin von: „Ein Sommer in zwei Teilen").

Mein Dank geht an meine Schwester Kathleen, die mich seit meinen ersten Schreibversuchen immer unterstützt hat.

Außerdem möchte ich mich beim Isensee Verlag mit seinen tollen MitarbeiterInnen für die nun schon über zwanzigjährige Zusammenarbeit bedanken.

Bei Allen, die ich an dieser Stelle vergessen habe, bitte ich wie immer um Nachsicht.

Karsten Rauchfuß im September 2024